女嫌い外科医、一ヶ月限定妻に沼る

ents

イラスト／カトーナオ

プロローグ

「で？　一ヶ月間だけ結婚したいという君の目的はなんだ？　慰謝料《いしゃりょう》か？」

布施優希《ふせゆうき》は、自分のことを棚に上げる人間が嫌いだ。

（あ……この人、嫌いなタイプだ）

言葉を出すのも忘れ、目の前でしかめっ面をする男性を凝視する。まさか、一縷《いちる》の望みをかけたこの場で、絶望的に嫌いなタイプと出会ってしまうなんて。

（失礼な！　一ヶ月間だけ結婚したいって希望してるのは、あなたも同じでしょう！）

本当ならそう怒鳴りつけたい言葉を、優希は心の中で叫ぶに留める。ここは平日正午過ぎのカフェだ。ランチタイムの客でにぎわっている。そんな場所で怒鳴り声をあげるのは迷惑以外の何ものでもない。

バイト時代も含めてファミレスのホール歴六年の優希には、それがどんなに困ったちゃんな行為なのか痛いほどにわかる。

そうだ。同じなのだ。ふたり用のテーブルにアイスコーヒーがふたつ。それを挟んで向かい合っている男性、御園賢人《みそのけんと》。二十一歳の優希より十歳年上の三十一歳。

彼もまた、優希と同じ望みをかかえてここへやってきているはずなのだ。

――一ヶ月間くらいだけ、結婚してくれる人はいないだろうか。

降りかかった難題を解決するには、その方法しかなかった。しかし、そんな相手がどこにいる。優希は彼氏や恋人どころか、生まれてから二十一年間交際経験さえない。

ネットの広告で見つけた婚活アプリ。「きっと希望のお相手に巡り合える！」そんな煽《あお》り文句についフラフラと、マッチングのお試し体験というものに申し込んでしまった。

どうせお試しだし、駄目でもともとだ。それでも、もしかしたら――。

最初から諦めているような、でも期待しているような、そんな気持ちで希望を書いた。

【早急に一ヶ月間だけ結婚してくれる人】

考えてみればふざけた話である。これがきちんと窓口を設けた結婚相談所だったなら、お説教されたのではないだろうか。

しかし驚いたことに、その日のうちにマッチング通知がきた。

所詮《しょせん》はアプリのお試しだし、適当な結果を送ってきているのではないかと疑ったが、相手の希望も【急募・一ヶ月間、婚姻関係を結んでくれる女性】だったのである。

お互いが同じ希望条件を出しているのだ。こちらも訳ありだが、相手も訳ありだろう。歩み寄れるかもしれない。

そんな希望を持った。――だが。

（なのに、これはないよね……）

目の前で厳しい表情をする男性は、とんでもなくいい男だ。仕事場のファミレスではなかなかお目にかかれないレベルのイケメン。つまりはお手軽なファミリーレストランよりも格式高いホテルのレストランが似合っていそうな顔である。

仕事は外科医と書いてあったが疑わしい。ホストとかモデルとか、そうじゃなければ潜入捜査を得意とするイケメン捜査官かもしれない。

（マンガじゃあるまいし……）

自分の思考に深く溜《た》め息をつき、アイスコーヒーを手に取る。最近職場の待合室に新しく入れた漫画をつい熟読してしまったのがいけない。思いだしたら続きが気になって仕方がなくなってきた。

（帰りに続きを買って帰ろうかな。読んだら店に寄付してもいいし……）

「おい」

声をかけられて思考が戻る。そうだ、この男性をどうにかしなくては帰れない。

「人が質問をしているのに、なんだその溜め息は。呑気《のんき》にコーヒーなんか飲んでないで、質問に答えなさい」

「あのですねぇ」

優希は再び溜め息をつき、アイスコーヒーのグラスをテーブルに置く。

「質問って、それが初対面の人間に対していきなりする質問ですか？　だいたいにしてマッチングした条件自体がおかしいんですよ。そのおかしな条件を、あなたも出したんですよね。だからわたしとマッチングしたんです。わたしにその理由を聞きたいのなら、まずご自分の事情をお話ししてくれるべきなんじゃないんですか？　それと、コーヒーなんかって言いかたはやめてください。コーヒー一杯だって、そこで働いている方のお仕事の成果なんです」

同じ飲食業界に従事する者としてプライドが疼《うず》く。外科医だかホストだかモデルだか捜査官……はないにしても、誰にしたってこんな上から目線に負けるものか。

「コーヒーはコーヒーだ。それ以上でもそれ以下でもない。店と客、提供されて金を払う。それ以上でもそれ以下でもない」

（……駄目だ、この人とは分かり合えない）

頭の中で切り替えスイッチが入る。分かり合えない人間に長々とつきあうのは無駄でしかない。性格の不一致は不幸を生み出すだけだ。

優希は残っていたアイスコーヒーを一気に飲み干すと、財布から代金をきっちりと出してテーブルに置き、立ち上がった。

「もう結構です。このお話はなかったことにしてください。失礼します」

「逃げるのか。やはり慰謝料目当てか。こんな条件に引っかかる女なんて変だと思った」

「そうですね、こういったアプリにはいろんな人がいますから気をつけたほうがいいですよ。顔がいいのを武器にして、女の人をひっかけてはヤるだけヤって姿をくらます男も多いらしいですから」

どうせもう二度と会うことはないのだ。言われっぱなしになんかしておくものか。

相手の眉がピクッと動いたのと同時に、優希は逃げるように店を飛び出した。

怒って追いかけられても敵わない。お昼でにぎわう人込みを駆け抜け、目についた地下鉄の入り口から階段を下りていく。

下りきったところで振り返るが、もちろん先ほどの職業不詳イケメンの姿はない。

（よかった、上手くまいた。さすがわたしっ）

ふふんと悦《えつ》に入る。相手が怒って追いかけてくるにしても、お金を払ってからでなければ店を出てはこられない。出たときにはすっかり見失っているはずだ。

人の通行の邪魔にならぬよう壁側に寄り、スマホを取り出す。速攻でマッチングアプリをアンインストールした。

こんなものに頼ろうとした自分が間違っていた。とはいえ、結婚相談所で「一ヶ月間だけ結婚したいんです」なんて言えるわけがない。藁《わら》をも掴《つか》む気持ちだったのだ。

「……どうしよう」

スマホを握りしめ、溜め息をつく。なんとかしなくては。そうしなければ、また、「あの人」が不幸になってしまう。

地下鉄のアナウンスが聞こえてくる。アパートに帰るにしても、馴染《なじ》みの書店に行くにしても方向がまったく違う。先ほどの男性といい、違うことずくめで溜め息しか出ない。

(今日は厄日だな……)

本日、何度目かわからない溜め息。

階段を下りてくる人波に逆行して、優希は階段をとぼとぼと上がりはじめた。

第一章　一ヶ月間だけ結婚したい理由

「では、ご注文がお決まりになりましたら、そちらのボタンからお呼びください」

家族連れを席に案内し、離れようとしたところで近くの席から「おねえさーん」と声をかけられる。

きょうだいでもなんでもないが、客商売では日常茶飯事だ。

「注文お願い～」

「はい、お伺いいたします」

笑顔を向け、エプロンからハンディターミナルを取り出しながら足を向けた。

ファミリーレストラン【ファミパラ】の夜は忙しい。家族連れ、学生、仕事帰りのサラリーマンやＯＬ、そしてまだ仕事中と思われる職業不明の人など。いろいろな人たちでごった返す。

休日はともかく、平日は夕方近くから学生で席が埋まりはじめるので、正午に忙しさのピークを迎える早番よりも、遅番は忙しい時間が長い。

本日の優希は、遅番である。

「おねーさん、これ美味《おい》しい？」

「はい、季節のおすすめです。ご好評をいただいているメニューですよ」

「じゃあ、おねーさん信じてこれにする。でさ、ＳＮＳとかやってる？」

「はい、店舗情報発信中です」

「店じゃなくてさー」

「ご注文を繰り返します！」

大学生男子グループをやんわりとかわし、ちゃっちゃと注文を取って席を離れる。携帯番号だのメルアドだの、ＳＮＳのアカウントだのを聞かれるのも慣れたがかわすのも慣れた。

優希は高校一年生のゴールデンウィーク前から【ファミパラ】でアルバイトを始めた。卒業と同時に正社員に採用してもらえたこともあり、現在勤続六年目。

大卒で入社し、現在マネージャーを務める芹原《せりはら》とは同期である。

「優希ちゃん、休憩どうぞ～」

カウンター前に戻るとスタッフルームの扉がこそっと開いて折川《おりかわ》葉月《はづき》が顔を出す。大きな目が特徴的でかわいらしい。優希とは同い年の二十一歳で仲がいいが、葉月は大学生バイトである。

「休憩室にお菓子の差し入れあるよ。エリアマネージャーから。焼き菓子いっぱい」

「ほんと？　いつ来たんだろう」

「なんかね、エリアマネージャーが来たんじゃなくて、芹原さんが今日本部に行ったときに預かってきたんだって」

「体《てい》よく使われたなぁ」

アハハと笑いながらダスターでトレンチを拭く。脳が休憩モードに入ろうとする手前で来客を告げるチャイムが鳴った。

「あー、おねえちゃーん」

顔を向ける前にかわいい声が聞こえる。走り寄ってエプロンを掴んで抱きついてきたのは常連の女の子だった。

「茉菜《まな》、駄目だよ、お仕事中なんだから」

あとから母親が追いかけてくる。やんわりと子どもを優希から離し、頭を下げた。

「すみません。ご飯食べに行くって言ったら『おねえちゃん、いるかな？』って会えるのを楽しみにしていて」

「いいんですよ。楽しみにしてもらえて、わたしも嬉《うれ》しいです」

母親に応《こた》えてからしゃがみ、引き離されてちょっとムッとしている女の子と目を合わせる。

「茉菜ちゃん、こんばんは。食べにきてもらえて嬉しいですよ〜。お席に行きましょうか」

「うん！」

あっという間に笑顔になる。茉菜はこの春小学校に入ったばかり。二年前からの常連で、ことのほか優希によく懐いている。

二年前、茉菜の両親が店内で離婚の話をしていた。神妙な雰囲気は、なんの話をしているのかわからなくてもゾワゾワとした不安を子どもに与えるものだ。耐えられなくなったのだろう、茉菜は火がついたように泣きだした。

慌てた母親に代わって優希が茉菜をおぶり、落ち着くまで店の周囲を散歩したのである。母親には感謝されたが、店長にはそこまでしなくてもいいと注意を受けた。注意といっても、もし子どもになにかあったら優希の責任になってしまうので気をつけなさいという、心配から出たものである。

離婚の話をする両親に、怖くて不安で堪らなくなっている茉菜を見ていたら、手を貸さずにはいられなくなったのだ。——十歳のときの自分と、あまりにも似ていたから……。

休憩に入るところだったのに客に捕まってしまったと思ったのだろう。葉月が急いで出てこようとする。それを「大丈夫」と手を振って止め、茉菜と母親を席へ案内した。

「おねえちゃん、茉菜ね、来月お誕生日するの」

「お誕生日？　来月なの？」

メニュー表を開いて茉菜に渡すと、母親が説明してくれた。

「仲のいいお友だちと、お誕生会がしたいって言うんです。母親同士もつきあいがあるので、それなら食事がてら【ファミパラ】さんで、って話してるんですよ」

「わぁ、ご利用いただけるんですか？　ありがとうございます」

「バースディプランっていうの、あったなと思って」

「はい、お子様用から大人用まで、数プラン組ませていただいています。パンフレットをお持ちしますね」

「当日……布施さんに担当してもらうことはできますか？」

「え？」

申し出を受け、優希は茉菜に目をやる。その話題を待っていたかのように目をキラキラさせて優希を見ていた。期待にあふれたさまは、仔犬《こいぬ》が尾っぽを振っているようだ。

「わたしが、一緒にお祝いしてもいいんですか？　茉菜ちゃん」

「いいよ！」

喰《く》い気味の返事がまたかわいい。茉菜に笑顔を返してから母親に対応した。

「各種プランの担当は店長の采配《さいはい》となりますが、申し込みの際、備考欄に担当者希望を書いていただければ大丈夫かと思います」

「よかった。備考欄いっぱいに布施さんのお名前を書いておきますね」

「はい」

返事はするものの、備考欄は結構大きい。いっぱいに書かれるのも照れる。

オーダーをとってカウンターに戻ると葉月が寄ってきた。

「相変わらず子どもにモテますな。ちっちゃい子に絡まれやすいよね～」

「おかげさまでイベントひとつゲットできそう」

「えー、いいなあ、イベント手当」

「日にちが合うようなら葉月ちゃんもスタッフで入る？　大学のほうが大丈夫なら……」

「大丈夫っ。大丈夫にするっ」

ふんすっ、と張りきる葉月に笑っていると、またもや来客チャイムが響く。葉月が向かおうとしたが、彼女の前に腕を出して足を止めさせた。

「いいよ、わたしが」

「でも、休憩……」

「お店のお客さんじゃなくて、わたしに用がある人だから。ついでに休憩もらうね」

「うん……」

いまいち納得いかなそうな葉月を置いて、優希は今入ってきた中年女性をうながし、一緒に店の外へ出た。

「……できれば、職場にはこないでください。あっ、お客様としてでしたら別ですけど」

話しながら、店と駐車場を仕切るように作られた植え込みの前で立ち止まる。アンティーク調の外灯に照らされるビオラを眺めるふりをして顔を向けないままでいると、女性、富田《とみた》加奈子《かなこ》が口を開いた。

「ごめんなさい、娘の顔が見たくなっていてもたってもいられなくって。お店にいるかはわからなかったけれど、途中で寄ってもらったの」

「いまさらです……」

呟《つぶ》いたあと、沈黙が落ちた。——本当に〝いまさら〟なので、仕方がない。

彼女は、十一年前に父と離婚して姿を消した、優希の母親である。

昨年、仕事人間だった父が急逝した。一周忌をすぎたとき、いきなり加奈子から連絡があったのだ。「会いたい」と。

離婚して半年ほどで彼女は再婚をしている。富田は再婚相手の姓だ。

再婚の話は、父が亡くなったときに、離婚調停を担当していた弁護士が教えてくれた。そのうえで母親に父の死を知らせるか問われたが、知らせない選択をした。

いまさらだ、と思ったから。

それでも彼女は、どこからか聞きつけて優希に連絡をしてきた。父とは職場結婚だったらしいから、昔の知人にでも聞いたのだろう。

いなくなってから連絡がくるまで一度も会ったことはない。そのことも含め、優希を置いて家を出たことを泣きながら謝られた。

いきなり母親がいなくなったさみしさなど、もう忘れてしまっている。これも、いまさらだ。

母にとっては、性格が合わなくて同じ空気を吸うのも嫌な夫だったのかもしれないが、優希は父を感情表現が不器用な人だと悟って育った。

暴力をふるうわけでもなく、子どもをないがしろにする人でもなかったので、父とふたりの生活でも不便も不満もなかったのである。

いまさら。

まさにその言葉しか出てこないのだが、加奈子は、さらに〝いまさら〟な話を優希に持ちかけてきたのだ。

「あの話、考えてくれた？　それとも、やっぱり結婚相手の方に止められた？」

ドキリとするあまり、手元のビオラを握り潰してしまいそうになる。落ち着け落ち着けと心で繰り返しながら、優希は平静を装う。

「そう……ですね。そんな必要はないだろうと言われました。もう……入籍するのに、自分を捨てた母親と同じ籍に入らなくてもいいだろうって」

加奈子が軽く息を呑んだのがわかる。「自分を捨てた母親」という言葉に反応したのだろう。

ひどい言葉を使ってしまったと我ながら思う。おそらく、この十一年間、加奈子は「子どもを捨てた」と苛まれ続けてきたのだろうから。

抑えつけていた自責の念。それが、元夫が亡くなったと聞いて表に出てきた。罪滅ぼしがしたい。そう考えた彼女は、優希を富田家に引き取る提案をしてきたのである。

ところがひと月後には、現在の夫の仕事の関係で海外への移住が決定している。それに優希を連れていきたいというのだ。

海外で、もう一度母娘としてやり直したい、と。

娘を捨てたと悔やむ気持ちはわかる。が、十一年も経ってから「やり直そう」と言われても、正直困る。

すでに優希には優希の生活があるし、同じように富田家には富田家の生活がある。他人といっても過言ではない人間が家族になるなんて、優希にとっても富田家にとっても重荷でしかない。

かといって、必死に謝り必死にやり直したいと懇願する加奈子を、冷たくあしらうことなどできなかった。

体よく断る理由があればいい。

富田家の娘にもなれないし、海外にもついていけない理由。

――わたし、もうすぐ結婚するんです。

傷つけずに諦めてもらおうと、とっさに考えついた虚言。まさか入籍間近の人間をそこから引き離そうとはしないだろう。

が、加奈子もなかなか諦めない。

『優希ちゃんはまだ若いんだから、移住した先で大学に行って勉強し直すことだってできるのよ』

特に大学に行きたいと思ったことはない。高校のときからやっていたバイトが楽しかったせいもあるかもしれないが、早く働きたかったのだ。

父は生前、優希の進路にうるさく口を挟む人ではなかった。「好きにやればいい」が定番の返事。

『まだ二十一でしょう。そんなに早く結婚しなくても。海外で勉強しているうちに、違う目標ができるかもしれないでしょう？　私は、優希ちゃんに満ち足りた人生を歩んでほしいの』

現在、仕事は楽しいし、仲間にも恵まれている。高校からの友だちともつきあいはあるし、充実している。

なにも、不満はない。

優希がなかなか折れないので、加奈子も困ったのだろう。

『じゃあ、結婚相手に会わせてもらえないかしら？　どうしても優希ちゃんが心配なの。お願い。いい方だってわかったら、私も諦めるから』

このことから、優希は早急に結婚相手を見つけなくてはならなくなった。富田家が海外に行く一ヶ月後までのあいだだけ夫婦でいられるなら、尚いい。

「彼……仕事が忙しくて、なかなか時間が作れないんです。会いたいって言われていることは伝えてありますから」

あわよくば「忙しい」でごまかしとおせないだろうかとも思う。が、あまり焦らし続ければ、結婚するということ自体疑われかねない。

「忙しい人なのね。……結婚相手のために時間もさけないくらい……」

……言葉選びを誤ったかもしれない。喉元がヒヤッとしたとき、隣接する駐車場に停まっている一台の車がヘッドライトを点滅させた。

なんだろうと何気なく顔を向ける。目に入ったのは、見覚えのある外車のジープだった。

気まずくて胃がキリッとする。

「ああ、ごめんなさい。もう行かなくちゃ。じゃあ優希ちゃん、連絡待ってますね。できるだけ早めにね」

横に立った加奈子が、ビオラの花びらに触れる優希の手をきゅっと握る。その手を振って、何度も振り返りながらジープのほうへ歩いていった。

加奈子が乗ると、ジープはすぐに走り去った。まるで一刻も早くここから離れたいと言っているかのよう。

あれは、富田家の長男の車だ。加奈子から連絡がきて再会したとき、指定したカフェにはあのジープが停まっていた。

別れた旦那の娘がろくでもない女かもしれないと心配したのか、長男は加奈子に寄り添うようにして待っていたのだ。

地味な女が来たので危険はないと判断したのだろう。それでもものすごい目で優希を睨《にら》みつけ、駐車場に戻っていったのを覚えている。

会ったこともないうちから「別れた旦那との娘」というだけでずいぶんと嫌われていたようだ。

富田家の長男は夫側の連れ子で、歳は優希と同じだという。二十一で外車に乗っている。ふたりの身なりを見ても、富田家は裕福な家庭だと察せられる。ちなみに加奈子が産んだ子どもがあとふたりいるらしい。

途中で寄ってもらったと言っていたし、今日は外出中だったのだろう。長男にしてみれば、別れた旦那の娘が金の無心をしてきたとでも思ったのではないだろうか。

別れた旦那が他界したから捨てた娘を引き取りたいなんて、今の家族からしたら気分のいいものではない。しかも成人した娘だ。

たとえ優希が富田家の籍に入ることになったとしても、歓迎はされないだろう。長男の態度からそれが読み取れるのはもちろんのこと、これだけ話がこじれても富田家の家長が姿を見せないのがなによりの証拠だ。

夫婦納得済みで決めたのなら、ふたりそろって説得の場に出てくるだろう。

加奈子の好きにはさせていても、富田氏は納得も歓迎もしていない。

家族が誰もいい顔をしていないのに、それでも優希とやり直したいなんて、自己満足にもほどがある。

——かといって、無下に扱うこともできず……。

(わたしに結婚相手がいれば円満解決なんだよな……)

大きな溜め息が出る。すると、昨日は溜め息の嵐だったことを思いだした。

さらに脳裏に浮かぶ、職業不明の超絶イケメン。……の、仏頂面。

(イケメンはズルい。人をいやな気分にさせる顔をしていてもイケメンだ)

なんの目的があってあんな条件を出したのかは知らないが、おかげで世にあふれかえるマッチングアプリがどれほど怖いか思い知らされた気がする。

いや、おかしなものばかりではないだろう。きちんと選別して使えばいいのかもしれないが、今はそんな気力も萎《な》えている。

(昨日あんな思いしたせいかな……)

——君の目的はなんだ？　慰謝料か？

例のイケメンの暴言まで思いだしてしまった。たとえそう疑っていてもいきなり言うことではない。イケメンならなにを言っても許されると思ったら大間違いである。

(そういえばあの人……なんていう名前だっけ……)

あまりにも気分が悪くて脳から削除されたようだ。それでも顔は記憶に残っているのがなんだかいやだ。

名前なんかどうでもいいかと考えるのをやめ、従業員用の出入り口に回って店内に入る。腕時計を見て休憩時間の半分がすぎているのを確認していると、うしろからなにかで軽く頭を叩《たた》かれた。

「休憩時間終わるぞ。いつまで花と遊んでるんだ」

そこに立っていたのはマネージャーの芹原だ。片手に丸めた紙の束を持っているので、それで叩かれたらしい。

「お花さん綺麗《きれい》だなと思ったらつい」

「綺麗なものを眺めたいならおれの顔でも見ておけ」

「結構っ」

片手を出してピシッと断る。別に彼はナルシストでもなんでもない。ただの冗談なのはわかっている。

「え？　おれ、肌が綺麗だって言われるけど」

「……顎の下に髭《ひげそ》の剃り残しが」

「マジッ？　どこっ？」

「冗談です」

本気で焦ったらしく、片手で顎をかくした芹原にツラッと言い放つ。

やりやがったなと言いたげな表情をスルーしていると、芹原はコホンと咳《せき》ばらいをして声を整えた。

「休憩はちゃんと取れ。シッカリ体を休めてもらわないとコキ使えない」

「ブラック発言～」

またもや丸めた紙束でぐいぐい肩を押される。押されるまま足を進めると休憩室が目の前だ。

「本部からもらってきた菓子もあるし、新商品の試食も並んでる。休憩時間少し延ばしてやるから、ちゃんと食って休んでこい。——客が来てたんだろう?」

芹原の気遣いが沁《し》みる。つきあいが長いぶん、芹原は優希の親が子どものころに離婚していることや父親が亡くなっていることも知っている。そして母親が会いにきたことも。

花と遊んでいたのを知っているということは、店の外で加奈子と話をしていたのを見たのだろう。彼なりに気を使ってくれているようだ。

「芹原さんって、イケメンですよね」

「わかりきったことを」

「でもいい人だから、ごく一般的な当たり障りのないイケメンですね」

「……それ、褒めてる？」

「休憩入りまーす。延長ありがとうございまーす、マネージャー」

作り笑顔で芹原に手を振り、休憩室に入る。中では高校生バイトの女の子ふたりがおしゃべりに夢中だ。それでも優希が入ってきたのを見て「お疲れ様でーす」と声をかけてくれる。

優希が挨拶を返すと、ふたりはまたおしゃべりをはじめた。

「でさ、マネージャーの髪、てっぺんがちょっとだけ跳ねてるの見つけちゃってさ」

「マジ、アホ毛かわいいんですけど」

「イケメンだよね～、マネージャー」

「大人の男って感じでさ～」

聞くつもりはないが耳に入ってくる。コーヒーメーカーからいい香りが漂ってくる横で、スティックのココアをお湯で溶かしながら優希は考えこんだ。

（アホ毛……かわいい？　かわいいか？　アホ毛だよ？　直せよ、って思わない？）

それとも女子高生にとってはかわいいのだろうか。優希だって女子高生だった時代があるが、寝癖をかわいいと思ったことはない。

今の感覚ではそうなのか。バイトの子たちはふたりとも十七歳なので優希とは四歳差だが、見えている世界が違うのかもしれない。

優希だってまだ「若い者の考えていることはわからん」と言われる歳だが、同じ言葉を使いたくなりそうだ。

十七歳の女の子たちにとって二十八歳の芹原は、憧れる価値のある〝大人の男〟なのだろう。

ごく一般的な当たり障りのないイケメンと優希に言われた彼だが、〝大人の男〟認定はイケメン度を上げる。歳の差ゆえの技である。

（歳の差か……）

例の職業不明のイケメンは三十一歳とのことだった。優希とは十歳違い。立派に歳の差が成立するが……。

（……ただの不審な大人……だな）

だいたいにして彼はとんでもなく顔がよかった。これ以上イケメン度を上げる必要もない。

憧れるべき〝大人の男〟であるかは、人によるのだ。


優希が勤める【ファミパラ】の閉店時間は午後九時である。

同じチェーン店でも立地によって営業時間が違い、本店や繁華街にある店舗などは深夜近くまで営業している。

「今日もお仕事頑張りましたっ。わたし、エライッ」

自画自賛しつつ伸びをする。仕事を終えた優希が店の外で数回深呼吸をしていると、ポコッと頭を叩かれた。

「なにやってんだ。プランクトンでも食ってるのか」

芹原である。片手に少しだけ中身が入った五百ミリリットルのペットボトルを持っているので、それでやったのだろう。

「ジンベエザメじゃないですよ。だいたい、空気中にプランクトンはいませんっ」

「マジレスか〜」

アハハと笑う芹原もすでに私服だ。仕事が終わったのだから当たり前だが、芹原はいつもマネージャーとしての事務処理をこなしてから帰るので、優希が遅番で帰るときよりも店を出るのは遅いのだ。

「芹原さん、今日は早いんですね。用事でもあるんですか？」

「あー、うん。そういうわけじゃないんだけど……」

言葉を濁し、ちらっと優希を見る。

「……布施は、これから用事あるのか？」

「ないです。帰って、昨日ヤケ買いした漫画読みます」

「漫画のヤケ買いってなんだよ」

へへッと笑って頭を掻《か》く。結局昨日は気になっていた漫画の続きを全巻買ってしまった。

「昨日が漫画のヤケ買いなら、今日は一緒にヤケ酒しにいかないか？」

「お酒？」

「そろそろ、ヤケ酒したい気分なんじゃないかなと思って」

（あ……）

ハッと思いあたる。芹原はきっと気を使ってくれているのだ。母親のことで優希が悩んでいるのを知っているから。

もしかしていつもより早く帰宅の用意をしたのは、優希をヤケ酒につれていってあげようと考えたからではないのか。

（芹原さん、いい人‼）

なんていい人なのだろう。悩みを抱えたクルーがホールで暗い顔をしていたらお客様に迷惑だから元気を出させなくては、というマネージャー魂かもしれないが、それでもやはり「いい人」である。

（心配させちゃってるんだ……申し訳ない）

優希個人の問題なのに。気を煩《わずら》わせてしまった。

休憩時間のことといい、今といい、こんなことではいけない。優希は気持ちを改めて笑顔を作った。

「ありがとうございます。じゃあ、漫画読みながらヤケ酒します。酔い潰れても誰にも迷惑かけないので」

芹原が目を丸くする。構わずニコニコしていると、ぷはっと噴き出して笑った。

「おまえらしーな、ったく」

ひとしきり笑い、ペットボトルでポコッと優希の頭を叩く。

「飲みすぎるなよ」

「はい。でも漫画は読みすぎて夜更かしするかも」

「仕事に差し支えないようならよしっ。明日ホールでウトウトしてたら漫画禁止令を出す」

「絶対しないっ」

ふたりそろってアハハと笑うと、芹原は軽く手を上げて関係者用の駐車場方向へ足を向けた。

「じゃあな。真っ直ぐ帰れよ」

「帰りますよ。漫画読みたいから。あっ、お疲れ様でしたー」

「おつかれ～」

手をひらひらさせながら歩いていく。少し見送ってから、優希もいつもの駅へ向かった。

気持ちが迷っているときに誰かに気にかけてもらえるのは嬉しいものだ。

これ以上心配をかけてはいけない。やはり、もう一度真剣に「一ヶ月だけ結婚する方法」を考えてみよう。

よさげなアプリを探して使うか。いっそ本気で結婚を考えて結婚相談所へ飛びこむか。

(でも、本気で結婚したいわけじゃないしな……)

悩みつってくてく歩く。誰かに紹介してもらうというのはどうだろう。それこそ芹原あたりに相談して、ノリで一ヶ月ほど結婚してくれる友達を紹介してもらうとか。

(駄目駄目駄目！　なにを軽々しく考えようとしてるの！)

ノリで、とか、不真面目にもほどがある。そんな相談をしたら、また芹原に心配をかけるだけだ。優希のように、相手にも切羽詰まった事情があるのが一番いい。

いい……のだが。

(そんな人、めったにいるもんじゃないよねぇ……)

結婚したいと思っている人はいるだろうが、一ヶ月だけ結婚したいなんて人は、なかなかいない。いや、ほぼいない。

相手探しを張りきっても、すぐ現実にぶち当たる。考えれば考えるほど、出てくるのは溜め息ばかり。

「溜め息つかないで！」

(そんなこと言ったって、出ちゃうんですよ)

どこからか聞こえてきた女性の怒鳴り声に、心の裡《うち》で勝手に返事をする。タイムリーなセリフだったが、どこから聞こえてきたのだろう。

周囲を見回し、ギョッと目を見張る。優希が向かっていた地下鉄の入り口で、一組の男女がもめている。

スタイルのよさを強調する膝上のキャミソールワンピース姿の女性が、黒いワイシャツにスラックス姿の男性に詰め寄っている。雰囲気からして痴話喧嘩《ちわげんか》だろうか。

しかしギョッとしたのは痴話喧嘩を見たからではない。男性の顔に見覚えがあったからだ。名前は忘れた。けれどイケメンすぎて顔だけは覚えている。昨日暴言を吐いた職業不明イケメンだ。

「だから、昨日のあれはなんなのって聞いてるだけでしょう⁉　どうして答えてくれないの！」

ぐいぐい詰め寄る女性。通行人が面白そうに目を向けていくが、お構いなしに感情をあらわにしている。

「答えている。アイスコーヒーを飲んでいただけだ」

「どこで⁉　誰と⁉　答えてよ！」

「見たのなら知っているんだろう」

あからさまにいやそうな顔で溜め息をつく。すかさず女性に「溜め息つかないでってば！」と怒られた。

少し会話を聞いただけだが、冷汗が出る。昨日のあれだの、アイスコーヒーだの、いやな予感しかない。

これは、昨日この男性が優希とカフェにいたところを女性に見られて、それで責められているのではないか。

（あの雰囲気、どう見ても彼氏彼女のいざこざ……みたいな感じだけど……）

だとしたら、あの男性にはつきあっている女性がいることになる。それなのに一ヶ月間結婚してくれる相手を探すというのは、どう考えてもおかしい。

詐欺でも働こうとして、あんなアプリを使っていたのではないのか。

（さっさと立ち去ってよかった。関わらないのが一番）

ふたりから目をそらし、こそっと後退する。方向転換しようとしたまさにそのとき……。

「ちょっと、あんた！　そこの女！」

女性の怒鳴り声とともに強く腕を摑まれた。

まさかいきなり引き留められるとは思わない。不意をつかれた形で引っ張られ、止まったのは険悪なふたりの前だ。

優希の顔を見た男性が「あ……」と呟いて目を大きくする。

「おまえ……」

「あ……こ、こんばんは……」

つい挨拶をしてしまったが、なぜ女性に引っ張られたのかわからない。

いや、わからなくはない。この女性は昨日、自分の彼氏が見知らぬ女とカフェでアイスコーヒーを飲んでいたのを知っている。飲んでいたものまでしっかり把握しているということは、それだけじっくり観察していたということ。

もちろん、相手の女の顔もじっくりと眺めたに違いない。

そんなに気になるのなら、その場で踏みこんでくればよかったのだ。浮気現場に鉢合わせした女性がよく口にする「その女誰よ！」というやつだ。

そうすれば優希だって、人の心のかけらも感じない言葉を投げつけられることもなかったのに。

とはいえ、浮気現場に踏みこむより証拠集めをして事実を固めるほうが有利とも聞く。踏みこまなかった理由はそのあたりか。

「じろじろ見てる女がいると思ったら、あんた、昨日賢人さんと一緒にいた女でしょう。その地味で辛気臭い顔、よく覚えてるわ！」

自分の顔が派手だとは思っていないが、辛気臭いという評価にはもの申したい。仕事で常にスマイルを心掛けているおかげで、普段でも比較的にこやかな顔をしていると自分では思っているというのに。

それとも、昨日上手く逃げた見覚えのある顔を見つけて、不信感が顔に出ていたのだろうか。

女性が「賢人」と呼んだのを聞き、消したはずの記憶が形を成す。彼の名前は、「賢人」……ぼんやりと頭の中に靄《もや》が漂い、その靄が「御園」という文字を作る。

（そうだ、御園賢人だ！　なんか画数の多い字だったから字面でだけ覚えてたんだっけ）

思いだしたと同時に顔を向ける。男性――賢人も優希を見た。

改めて見ても評価はそのまま、レベルの高いイケメンだが、昨日と違って仏頂面はしていない。問い詰められていたせいか少し眉をひそめてはいるが、それがどこか凛々《りり》しくも見える。

が、顔を見合わせたのがいけなかった……。

「ちょっと、ふざけるんじゃないわ！　なに見つめ合ってるのよ！」

「別に見つめ合っているわけでは……」

誤解されてはいけないとした口出しが、さらに誤解を呼んだよう。「うるさい！」と叫んだ女性が優希の肩を摑んで引き倒してきたのだ。

肩を摑まれたときに反射的に抵抗して数歩足が前に出てしまい、前のめりになって片足が滑った。

――地下鉄入り口の階段の前で。

「おい！」

驚く賢人の声と……。

「ちょっと！　やだっ！」

焦る女性の声。

自分の身になにが起こったのか一瞬わからなかった。

視界に映る階段が妙に近くて……全身におかしな浮遊感があって……。

弾けるような痛みが発生したとき、やっと階段から落ちたのだと悟ったのだ。


「全治一ヶ月です」

医者の言葉だけが頭の中で空回りする。それだけ疲弊していた。

女性に引き倒され、地下鉄入り口の階段から落ちた。ただ、とっさに手を伸ばした賢人が運よく優希の服を摑んだおかげで下まで滑り落ちることだけは免れたのだ。

それでも階段に身体を打ちつけ脚をこすって、痛みなのかショックのせいなのかわからないが全身に力が入らない。意識も真っ白になりかかっていた。

地面に這《は》いつくばって優希の服を摑み起こしてくれた賢人には感謝する。しかし、もとはといえば痴話喧嘩に巻きこまれたのだからとんだとばっちりだ。

今日の服装がシャツブラウスと大きめのジーンズでよかった。摑まれたときにシャツの裾がだいぶずり上がったものの、伸縮性のない布地なので公衆の面前で肌をさらさなくてすんだ。

脚を階段でこすったが、大きめのジーンズがだいぶ守ってくれたようだ。

賢人に助けられたが痛みで動けない。「うちの病院へ連れていく」という言葉が聞こえたあと、お姫様抱っこでかかえられ賢人のものらしき車で大きな病院に運ばれた。

ここから優希は信じられないものを見ることとなる。

優希を抱きかかえた賢人が、夜間入り口から直接緊急処置室に入り看護師に指示を出しはじめたのだ。

それもなんだか偉そうだし「御園先生」と呼ばれている。そういえば賢人のプロフィールには外科医とあった。しかし医者なんてその場限りの嘘《うそ》に違いないと思っていた。

――――本当に医者だった⁉

実際、優希は賢人の診察を受け、脚の怪我を診《み》られた。レントゲンの指示を出し、看護師に車椅子の用意をさせ、処置室のベッドがいっぱいだからと空病室、それも個室を用意してくれたのだ。

ホストかモデルか詐欺師が有力で、職業不明の男だとしか思っていなかった。彼は正真正銘、外科医だったらしい。

そんな人がなぜ一ヶ月限定の結婚相手を探していたのか、それも恋人らしき相手がいるというのに。

いやそんな疑問はどうでもいい。優希には関係のないことだ。それより彼の恋人らしい女性にいらない誤解をされていたのをなんとかしてほしい。

そんなことをぐるぐると考え。

さらに、身体やら脚やらの痛みはいつ引くだろうか、頼んだら痛み止めを出してもらえるだろうかと考え。

明日の仕事には響かないだろうか。ホール仕事だし、脚だの身体だのが痛いとなると機動が悪くなりそうでいやだと考え。

それだけでも頭が重いのに、病室に白衣姿の賢人が入ってきてさらに心が落ち着きをなくす。

なんといっても、外科医というのは嘘だと思いこんでいたのに本当に医者だったのだ。疑っていたことを知られているわけではないが胸がチクチクする。

加奈子に結婚相手を紹介しなくてはならないという大きな悩みがあるのに、そこへ考えることが一気に増えて、脳が疲れた。

さらに、疲弊した脳にトドメのひと言。

「全治一ヶ月です」

ちょっと気取った、賢人の声が耳に突き刺さる。

その言葉を、優希はいい感じにリクライニングを起こしたベッドの上で聞いた。

ベッドに寄りかかり脚を伸ばしていると身体が楽だ。痛みこそあれど、安心できる場所にいるのだと実感できる。

しかしながら、突き刺さった言葉で安心感がチリのように消えていく……。

言われた言葉が本当なら、また新たに考えなくてはならないことが増えそう。これ以上考え事が増えたら頭がオーバーヒートしてしまう。

「一ヶ月は安静にしてください。仕事は……ああ、飲食店だったか。もしホールを歩き回るような仕事ならしばらく出勤は控えて。日常的にもあまり動き回らないこと」

マッチングのプロフィールに書いた職業を覚えているらしい。もし、じゃなくても店中を元気に歩き回る仕事だ。しばらく仕事ができないということか。

おまけに日常的にも動くななんて、そんなことをしていたら……。

(婚活……できない。……え？　全治一ヶ月って……一ヶ月動けないってこと？)

「しばらく通院してもらって、傷の様子を診ながら段階的に行動レベルを上げていくような感じで……おい！」

寄りかけていた身体を起こし素早く脚をベッドから下ろそうとしたことで、賢人の冷静な説明が焦り声に変わる。しかしなにも考えずに脚を動かしたせいか、いきなり大きな痛みが走って動きが止まった。

「痛ぁっ！」

「当然だ。なにをしている、傷口が開くだろう！」

優希の背中に手を添え、賢人は動けずに固まった両脚をゆっくりとベッドの上に戻す。厳しい口調だが心配してくれているのがわかった。

一ヶ月動けないなんて大変だ。そんな衝動でつい動きだそうとしてしまったが、治療したばかりなのだから痛いのも心配されるのも当然だ。

勢いづいていた力を抜くと、痛みが引いてくる。優希はホッと息を吐いた。

「あの……、傷口って……」

「左のふくらはぎを三針ほど縫っています。ゴツいジーンズを穿《は》いていてよかったですね、もしチャラチャラとした膝上の薄いスカートなんか穿いていたら、今頃両脚傷だらけです」

（膝上の薄いスカートを穿いていたのはお宅の彼女では？）

口から出したい気持ちを抑え、心の裡で呟くにとどめる。

「右足首も腫れていたので軽いねん挫《ざ》でしょう。傷だらけにならなかった代わりに打撲箇所は多い。それらも全部治るまで一ヶ月です」

「一ヶ月……」

「今夜は痛みが強いようならこのままここにいても構いません。入院費用などはご心配なく。君が怪我をする原因になった本人に責任をとらせます。なんならこの部屋に一ヶ月入院してくれてもいいですよ」

無言のままぶんぶんと首を横に振る。個室に一ヶ月とか、なんて恐ろしいことを言うのだろう。

「そんな責任とれなんて言ったら、彼女さん、怒って泣いちゃいますよ。今夜も、ちゃんと帰れますから」

「なにか誤解をされているようですが、あの人は彼女などではないです。ですから遠慮しなくても……」

賢人がゆっくりと言葉を止める。そうか、彼女じゃないのかなどとぼんやり考えていると、なぜか目の前にいる彼の姿がぼやけた。

「あ……」

ぽろぽろと涙がこぼれてくる。

なんだかもう、いろいろとキャパオーバーだ。

「傷、痛みますか？　痛み止めを出しますから、待っていてください。やはり今夜はここにいたほうがいい」

痛くて泣いているのだと思ったようだ。優希は手の甲で涙を拭いながら首を左右に振る。

「違います。痛いのは痛いけど……、でも、もう、どうしたらいいかわからなくて……」

「安静にしていれば治癒《ちゆ》します。全治一ヶ月といっても、完治するまでに一ヶ月かかるという意味で、完治には打撲痕が消えるまでの期間も含まれますから、実際にはもっと早く動けるようになりますよ」

「それじゃ駄目なんです。すぐにでも動かないと、間に合わない」

「仕事を休んだら収入が減るとか、金銭面の心配ですか？　保険での保障がないなら、怪我をさせた当人にそれ相応の見舞金をつけさせます」

そこまで言うなんて。あの女性が彼女じゃないなら、どんな関係だというのだろう。どうでもいい。優希にとっては目の前に差し迫っている問題が一番だ。

「そんなことじゃないです。もっと大変なことがあるんです。そうですよ、お医者さん、御園さんでしたよね、知ってるじゃないですかっ」

「……早く家に帰りたい理由があるとか……」

「違いますよっ、なに言ってんですか、結婚相手を探さないとならないんですっ。知ってるでしょうっ」

ムキになって声を張ると泣き声になってしまった。目を丸くした賢人の顔を見ていたら、慰謝料目当てかと責められた昨日の悔しさがよみがえりムカムカしてくる。

「こっちはね、真剣に悩んで藁をも摑む気持ちで探してたんですよ。一ヶ月間でいいから結婚してくれる人。それを、よくも『慰謝料目当て』とか馬鹿にしてくれましたねっ。すぐにでも見つけないと間に合わない。それなのにこんな怪我で全治一ヶ月だなんて、どうしてくれるんですか、もうどうしようもないじゃないですかっ」

口に出したら涙が止まらなくなった。

けれど、こんなことをこの人に言ったって仕方がないのかもしれない。これは、なにもかも上手くいかなくなってしまった絶望感からくる、八つ当たりだ。

加奈子の申し出を断るために、「結婚する予定だ」などと言ってしまった自分が情けなくなってきた。

だがあのときは、そう返すのが精いっぱいだったのだ。

「おい」

不機嫌な声がして顔を向けると、賢人が眉をひそめて優希を見ている。先ほどまでは礼儀正しいお医者さんという雰囲気だったのに、急に昨日のぶっきらぼうな彼が戻ってきた。

賢人は椅子を引っ張ってベッドの横にドカッと座る。腕を組み、鋭い視線を優希に向けた。

「説明してみろ。君はなぜ一ヶ月だけなんて条件を出した?」

横柄な態度を前に、今度は優希が目を丸くする。

「なんだ？　鳩《はと》が豆鉄砲食らったような顔をして」

「……お医者さんの態度が……急に変わった気がして……。今まで献身的だったのに」

「患者用だ」

「わたしも患者では?」

「これは患者とする話題じゃない」

「そうかもしれませんけど……。ああ、じゃあ、わたしもひとついいですか？」

「なんだ？」

ちょっとイラッとした顔をされたが、とっさに思ったことを口にする。

「今、『鳩が豆鉄砲を喰らったような顔』って言いましたけど、現実問題、鳩に向かって豆鉄砲を撃つ人ってひどいと思いませんか？」

「さっ　さ　と　説　明　し　ろっ」

目尻がぴくぴくしている。これはマズいと感じ、優希は「実は……」と事情を話した。

しっかり理解してもらうには、両親が離婚したあと母は違う家族を持ったというところまで説明しなくてはならない。

あまり口に出したくない話題ではあるが、そうも言っていられない。

「――なるほど。それで、一ヶ月間だけ、か……」

優希の説明を聞いて、賢人はジッと考えこむ。なにが彼をそんなに考えこませてしまったのかわからないが、ずいぶんと深刻な表情をしている。

優希はといえば、事情を話したらなんとなくスッとした気がしている。

慰謝料目当てで短期結婚したがっているとか怪しげな疑いをかけられたままなのは、やはり気持ちが落ち着かない。

「理解した。次に、俺が君と同じような条件をつけていた理由だが……」

「話してくれるんですか？」

「人に聞くなら自分も話せと言ったのは君だ」

「それはそうですけど」

　意外に律儀だ。そんな気持ちが顔に出たのか、かすかに賢人がムッとする。

「聞きたくないなら話は飛ばすが」

「すっごく聞きたい、ですっ」

　あまり興味津々にするのも悪い気がしたので、控えめに言う。一瞬、賢人がやっぱりやめようかと言いたげな顔をしたので、あまり控えめではなかったのかもしれない。

　軽く咳ばらいをして、賢人が話しだした。

「俺の祖父が、もう長くない。もってひと月ふた月といったところだ。その祖父に妻の顔を見せなくてはならなくなった」

　なんと。優希の話とは打って変わって祖父孝行な話だ。つまりは余命いくばくもない祖父に、結婚して妻がいる姿を見せて安心させたいということだろう。

（おじいちゃんっ子だったのかな。なんだ、優しいじゃない。それで、一ヶ月でもいいから結婚できる人を探していたんだ）

　理由がわかってほっこりする。が、次の瞬間、賢人が大きな溜め息をついた。

「昔から自分の願望がすべて現実になると思っているようなジジイだったが、今では孫の俺はすでに結婚していると思いこんでいるんだ。『せめて最期に孫の嫁の顔が見たい』と言いだしたらしい。おまけに『わしに挨拶もなく結婚するなんて薄情者め』と父に嘆いた。父が焦って『今すぐに結婚して祖父さんに会いに行ってこい！　できないならおまえを僻地《へきち》の診療所に飛ばす！』だと。ったく、ジジイがジジイなら親父も親父だ。面倒くさい」

前言撤回。

これは、おじいちゃんっ子の発言ではない。

(……わたしのほっこりした気持ち……返して)

「親父は、俺が三十になる前から結婚結婚とうるさくなっていたから、これは身を固めさせるいいチャンスだと思ったんだろう」

「お……お父様もご心配されてるんですよ。ほら、お医者様として立派にやっている優秀な息子には、やっぱり結婚とかしてもらいたいんじゃないんですかね」

当たり障りのない言葉をかけ、心の裡では「知らんけど」と付け足す。

「親父は俺の結婚よりも、祖父さんが遺言書をチェンジしないか気にしてるんだろう」

「遺言書？」

「今でも病院の実権は祖父さんが握っている。寿命がきたら父にうつるといった具合だ。だが、祖父さんが病床についたのをいいことに、親父や親族が病院を好き勝手にしないよう、自分の意に沿わないことが起こらないよう保険を仕込んでいる。それが〝もしものときめの遺言書〟だ。その遺言書には、病院の一切の権利を親族には渡さない旨が記されている。祖父さんが少しでもヘソを曲げれば、弁護士が、問題の遺言書とチェンジするという仕組みだ。ったく、最期の最後まで〝自分が一番〟な祖父さんだ」

またもや深ーい溜め息。優希も自分の一ヶ月間結婚問題を考えると溜め息ばかり出てくるので、彼が溜め息をつきたい気持ちはよくわかる。

だが、少々気になる疑問が発生した。優希はおそるおそる小さく手を上げる。

「あの……質問なんですけど」

「なんだ？」

「病院の実権、って……」

「そのままの意味だ」

「おじいさまは、開業医かなにかだったんですか？」

「祖父は医者ではなかった。経営面では腕がよく、曽祖父が始めた診療所を、ここまで大きな総合病院にした人だ。だから、父も祖父に一切逆らえなかった」

「それって……この病院のことなんですか……？」

「ん？」

ふたりで顔を見合わせ、刹那の沈黙。

あまりのことにあんぐりと口を開けた顔は我ながら恥ずかしいが、それだけ驚きでいっぱいなのだ。

まさか彼はこの病院の……。

「【みその総合病院】と看板も出ているだろう。もしかして気づいてなかったのか？」

（気づくわけないでしょうっ‼）

病院勤めの外科医だとばかり思っていた。まさかこんな大病院の御曹司だなんて、そんな人がマッチングアプリで一ヶ月間結婚してくれる相手を探していただなんて、考えもつかない。

あまりにも驚いてしまい、腰がズズッと横にずれる。しかし全身に力が入ったことで忘れていた痛みがよみがえった。

「痛い痛い痛いっ」

「安静にと言ったでしょう。やはり今夜はここにいなさい」

素早く立ち上がった賢人は、優希の肩と脚を軽く押さえる。秒で切り替わる医師モード。患者を気遣う声は頼りがいがあって、つい言うことを聞きたくなる。

「〝患者〟には思いやりがある言葉をかけるんですね」

「なにを言っているんです。私は医者ですよ」

おだやかに微笑《ほほえ》み、優希から離れる。……と、ドカッと椅子に腰を下ろしてフンッと鼻で嗤《わら》った。

「そうか。てっきり昨日会ったときに気づいていたものだと思っていた。結構名が知れた大病院のはずだが」

(あっ、通常モードだ)

なんだか賢人が心配になってきた。仕事で〝いいお医者さん〟を演じすぎていて、二重人格になっているのではないのだろうか。

「苗字が御園だし、外科医だし、病院の息子なら慰謝料もたんまりとれるだろうと考えて、故意に条件を合わせてきたのかと思った」

「そんなこと考えませんよ。気づかなかったし、自分のことで精いっぱいだし。……同じ条件を持った人なら、歩み寄れるかなって考えていただけで……」

「そうか……。そうだな、君の境遇なら、そんな気持ちにもなるか。……悪かった」

(え……?)

意外な言葉に驚いて賢人を見る。彼は視線を下げてなにか考えている様子だが、機嫌が悪いという雰囲気でもない。

とすれば、今の「悪かった」は本心から出たと考えていいのだろうか。

こんなに素直に謝ってもらえるとは思っていなかったので、意外すぎて気負っていたものがスゥッと抜けていく。むしろ清々しい。

(もしかして、意外とものわかりのいい人なのでは？　そうだよね、患者に対してはあんな

に献身的だし）

じっと見ていると、顔を上げた賢人と目が合う。なにか言わなくてはと慌ててしまい、少し気になっていたことが口から出た。

「あ、あのっ、さっき一緒にいた女性は……彼女さんではないんですか？　なんだか一生懸命だったし、彼女なら一ヶ月くらい結婚してくれるんじゃ……」

「死んでも御免だ」

優希は半笑いのまま固まる。

再び、前言撤回。

これは、ものわかりのいい人の発言ではない。

（……わたしの清々しさ……返して）

「彼女は婚約者候補のひとりだ。あくまで候補であり、婚約者ではない。それなのに調子に乗って自分が一番とアピールがうるさい」

「婚約者候補……」

大病院のご令息ともなると、何人も婚約者候補がいるらしい。すごい世界だ。

「昨日だって、なにか約束をしたわけじゃない。一方的にメッセージが入って、今どこにいるか、誰となにをしているか、このあとの自分の予定なんかを伝えてきた。こちらからしたら、だからどうしたとしか思わない。だが向こうは、自分が伝えた場所に来てくれると思いこんでいたようだ。こなくておかしいと思っていたら、カフェで君と会っているのを見つけた。それで怒った。……俺は、なにか怒られることをしたと思うか？」

「……してない……と思います。会う約束をすっぽかしてカフェにきていたのだったら別ですけど……」

「会う約束なんかするわけがない。面倒だ」

「でも……婚約者候補の方なんですよね？」

ここまでけんもほろろだと女性が気の毒になってくる。賢人を責めていた口調や必死さを見ても、彼女が賢人を好きなのは一目瞭然《いちもくりょうぜん》だ。

きっと、好きな人に相手にしてもらえなくて悲しかったのではないか。偶然見つければ知らない女とカフェでアイスコーヒーを飲んでいるし、切なくてつらくて、どうしたらいいかわからなくてひと晩悩んだに違いない。

でも好きだからハッキリと聞きたい。それであんなに必死に詰め寄っていたのだ。

優希自身そんな経験はまったくないし、これも今まで読んできた少女漫画の受け売りだが、そう考えると切なさがわかる。

「自分アピールが激しくて、拒絶されたらプライドが傷つくから、いつも親同伴で実家にやってくる。婚約者候補同士が顔を合わせれば嫌味の応酬とマウントのとりあい。下手くそな色仕掛けに走ったかと思えば、相手にされなくて下品さがエスカレートする。そんな女に勃《た》つわけがない。勃っても御免だ」

聞いているうちに、冷汗が出てきた。

三度の前言撤回。

これは、切なくて苦しい恋をしている女性ではない……と思う。

（……わたしの、切なさに共感した気持ち……返して）

「俺が知らないうちに婚約者候補が増えて、知らないうちに減っていく。かと思えばまた増える。両親が勝手にやっていることだ。自分たちの好みで、家柄と学歴で選別する。ガキのころから周囲はそんな女であふれていたから、正直女には辟易《へきえき》しているし結婚なんてしたいとも思わない。女なんて嫌いだ」

「それはまた……」

ずいぶんと歪《ゆが》んだ性格だとは思うが、子どものころからそんな境遇なら婚約者候補だの結婚だの、いい加減いやになっても仕方がないのかもしれない。

これはいわゆる「女嫌い」というやつなのだろうか。これだけのイケメンなのだから、婚約者候補とか関係なくさぞモテたことだろう。

一般女性からモテて、婚約者候補たちからは異常なほど執着されて……。

（そりゃあ……女の人がいやにもなるか……）

共感はするが、それだと彼の仕事に影響があるのではないか。

なんといっても医者だ。それも外科医だ。老若男女問わず患者を診るだろうし、処置にしても手術にしても、女性の身体にだってさわるだろう。

「あの……そんなので仕事はつらくないんですか？　女の人、患者さんでいっぱい診ますよね。そうだ、看護師さんだって女性が多いし」

「患者は患者だ。それ以上でもそれ以下でもない」

「おおっ」

思わず拍手。女嫌いを押しこめて、素晴らしいプロ意識。

確かに、優希を〝患者〟として扱っているときの賢人は誠実さと頼り甲斐《がい》にあふれている。

「看護師は看護師。仕事で関わる相手だ。それ以上でもそれ以下でもない」

「おおおっ」

さらに拍手。仕事と割りきる実直さ。やはり素晴らしいプロ意識。

「女の人が嫌いってことは、近づくどころかさわるのも嫌なんですよね。そんな自分を抑えられるところ、すごいです」

素直に褒める。彼の医師としての姿勢に感動してしまった。

「ああ、でも、性欲が滾《たぎ》ったときは別だから間違えるな。ソレはソレだ」

「聞いてませんっ！」

何回目だったかの前言撤回。

（……わたしの感動……返して!!）

頬が熱くなってきて汗が出る。本当に、いきなりなんて話題を出すのだろう。

「ふぅん……」

クスリと笑った気配がして顔を向けると、賢人が困った顔で微笑んでいる。

（なに！　その顔っ！）

イケメンの困った微笑みというものは心臓に悪い。胸がバクバクして胸骨が痛くなってきた。

反射的に顔をそむける。赤くなっているだろう顔を見られるのが恥ずかしかったのと、賢人の顔を見ていられなかったからだ。

「おい」

ぞんざいな呼びかけではあるが、なんとなく真剣みを帯びている。こそっと顔を向けると、手で口元を覆い考えこむ賢人が目に入った。

「これは……悩む必要はないのでは？」

「なにが、です？」

賢人はスッと立ち上がると、いきなりベッドに腰を下ろす。優希の手を取って、真剣な眼《まな》差《ざ》しを向けた。

「俺と結婚しよう」

だろう。

「なっ、なに言ってるんですかっ！」

優希は勢いよく顔をそむける。とんでもなく顔が熱い。これはきっと真っ赤になっている

——俺と結婚しよう。

強い眼差しに射貫かれた瞬間、発せられた言葉。

彼がどういうつもりでこの言葉を発したかは、わかっている。言われてすぐにそれは理解できたのに。身体が違う反応をした。

胸の奥がぎゅうんっと揺らいだのだ。頭にカアッと熱がのぼって、顔が熱くて堪らない。脳ミソが溶けたらどうしてくれる。

（これ、よく言う、ときめいた、ってやつかな⁉）

イケメンおそるべし。あんなひと言で、人の身体に異常をきたすことができるとは。

「なに言ってるもなにもないだろう。よく考えろ。いや、考えなくたってわかる、君と俺の利害は一致した。一致しすぎた。お互いやむにやまれぬ事情も伝え合った。これはもう結婚するしかないだろう」

「で、でも……女嫌いなのに」

「仕事相手のように割りきればいい。恋愛するわけじゃないから女嫌いは関係ない。君しかいない」

なんだろう彼のこの真剣さは。いや、優希だって真剣に悩んでいるし相手を探していた。今、一度は流れた話がまたまとまりかけている。それだけなのに……。

(なんか、なんか、本当にプロポーズされてるみたいで照れるんですけど！)

違う、これは「利害の一致をした者同士、一ヶ月間だけ結婚しよう」という求めていた問題の解決案であって、本気のプロポーズなどではない。

「結婚しよう、俺と」

「そっ、その言いかた、やめてくださいっ」

「じゃあなんて言えばいいんだ」

「えーと……」

結婚しようの別の言いかた。あるはずだ。この状況にピッタリの言い回しが。なのに上手い言葉が出てこない。

おまけにいつまで手を取っているのだろう。そもそも必要あるのだろうか。

「さっさと答えないと、顔が燃えるぞ」

「燃えませんっ」

赤くなっていることを揶揄《やゆ》されてムキになる。照れているのがバレていると思えば逆に度胸がついた。

「わかりました。け、結婚、します。よろしくお願いします」

シッカリと強気で答えたつもりなのに、明らかに声が震える。それでも目は睨みつけるように賢人を見た。

「そんな目をされたら、決闘でも申し込んだ気分だ」

苦笑いをして優希の手をきゅっと握る。

「よろしく、奥さん、上手くやろう」

「は、い。よろしくお願いします」

自分的には強気で構えている、はずなのに声が裏返ってしまった。心なしか血の気が引いた手が冷たくなってくる。

(この手、放してくれないかな……)

握られたままの手をじっと見つめる。冷汗でじっとりしている気がするのだ。

手汗はちょっと、恥ずかしい……。

すると、賢人が握っていた手のひらにチュッとキスをした。

「そんなに緊張するな。大丈夫だ。上手くいく。ほら、妻だと思えばさわれるし、キスだってできる」

(手っ！　手ぇぇぇっ！！！！！)

頭までボンッと熱くなる。脳が溶けそうだ。手のひら、それも手汗で恥ずかしいなんて考えていたところに唇をつけられてしまった。羞恥のゲージを振り切る勢いで恥ずかしい。

あまりにも頭部に熱が集まってくらくらしてきた。

「よし、そうと決まれば、俺は婚姻届の用紙を用意してくる。記入して、明日にでも入籍しよう」

優希の手を離し、賢人は意気揚々と立ち上がる。

「えっ、これから？　で、明日っ!?」

なんてスピーディーな。キスされた手をもう一方の手で握って賢人を見ると、彼はニヤリと口角を上げる。

「お互い、すぐにでも結婚しなくちゃならなかったんだ。なんの問題もないだろう」

「それは……はい」

それはそうだ。確かにそうだ。いきなり婚姻届とか入籍とかの言葉を聞いて慌ててしまったが、急いでいるのはお互い様。

しかし、なんて思いきりがよくて行動の早い人なのだろう。

「入院の手続きはしておきますから、今夜はゆっくり休んでください。すぐに看護師に痛み止めを持ってこさせます」

医者の口調で白衣の裾を翻《ひるがえ》した賢人は、張りきって病室のドアへ向かう。

優希を運びこんで仕事が発生してしまっていたが、もともと彼の今日の仕事は終わっている。先ほど言ったように、これから婚姻届を用意するのだろう。

医者モードになっているうちに治療のお礼を言ったほうがいい。優希は急いで声をかける。

「あの……先生っ」

なんて呼ぶか迷ったものの「先生」に落ち着く。ドアを開けたところで振り向いてくれたのでお礼を口にしようとすると、先に彼がニヤリと不敵な笑みを見せた。

「手まであったかくなっただろう？　感謝しろ」

「なっ！」

ハハハと楽しげな賢人の笑い声がドアの向こうに消える。お礼を言えないまま、優希は口をパクパクとさせた。

確かに手はあたたかい。モードの切り替えのタイミングが読めない。

くなったが手も熱くなった。熱がこもって指先がじんじんする。手の先まであたたかくなった。手のひらにキスをされて、顔も熱
(性格いいんだか悪いんだかわかんない……)

全治一ヶ月なんて怪我をして散々ではあるが、頭を悩ませていた問題に出口が見えてきて気持ちが少し軽い。

最近は息を吸えば溜め息しか出なかったのに、今は呼吸が楽だ。

一ヶ月間結婚してくれる人が見つかった。あとは母に会わせて納得してもらえばいい。

(あ……御園さんのおじいさんにも会わなくちゃいけないいんだっけ)

要は大きなそのふたつをクリアすればいいのだ。

――大丈夫だ。上手くいく。

賢人の言葉を思いだすと本当に上手くいく気がする。自信にあふれている人の言葉というのは、周りも自信がもらえていいものだ。

手のひらにキスをされたことまで思いだし、急にそこがむず痒《がゆ》くなった。

十歳も違うのだ。やることが大人なのは仕方がないし、大人の男の言葉に優希が対応しきれないのも仕方がない。

それにしても、不覚にもいろいろとドキドキさせられてしまった。

これからの人生、「結婚しよう」なんて言葉を聞けるかわからないのだから、たとえ本気の言葉ではなくともいい経験をしたと思う。

それもあんなイケメンに言われたのだから、友だちに自慢してもいいレベルだ。……できないのが惜しい。

聞けばシッカリとした事情があった。昨日の時点でそれがわかっていればとも思うが、結局いい方向へ進んだのだからよしとしよう。

落ち着いて考えてみれば、結婚を提案されたとき「一ヶ月間だけ、結婚しよう」と「一ヶ月間だけ」を強調してくれたら、あんなにうろたえることもなかったのではないだろうか。

（あんなキメ顔で迫られたら……意味はわかっていても焦るって）

思いだしたらまた頬があたたかくなってきた。

女嫌いで少々高圧的にも思えるが、医者としては誠実で頼りがいがあるし、優希の事情を知ったときは素直に自分の態度を謝ってくれた。

（意外と、いい人なんじゃないかな……）

頬があたたかくなったついでに、胸の奥までふわっとしてきた……。

ドアにノックの音がして、笑顔の看護師が入ってくる。

「痛みはどうですか？　お薬お持ちしましたよ」

「ありがとうございます。痛いです～」

声を出してアハハと笑う。久しぶりに軽い気持ちで笑えた気がした。

＊＊＊＊＊

――納得さえできれば、誰でもいい。

半ばやけくその気持ちで、ＳＮＳのプロモーションで流れてきたマッチングアプリを試してみた。

お試し期間は一週間。条件が合えば、その一週間で何度もマッチングする人間もいるのだろう。だが、怪しいとしかいえない条件を登録した賢人が、間違ってもマッチングする可能性などなかったのだ。

なかった……はずだった。

「御園先生。急患だったんですってね、仕事終わったあとだったのに大変でしたね。お疲れ様でしたー、やっと家で一杯やれますね。いや、女の子と飲みにいくのかな？」

なにかとにぎやかでひと言多い警備員に話しかけられ、賢人は笑顔でかわす。

「ひとりでゴロゴロしながら缶ビールですよ」

「またまたぁ」

返事をする代わりに声を出して笑いながら駐車場へ出た。

（そんな暇があるか。とにかくまずは婚姻届を入手しなくては）

婚姻届の用紙も必要だが、他にも必要なものが多々ある。しかし今の段階で賢人がひとりでそろえられるものは限られていた。

（あの子の意見も聞いたほうがいいだろう）

頭に優希の顔を思い浮かべながら車のキーを取り出す。

（一緒に暮らすとなれば必要なものが増えるからな）

ロックが解除されたのを確認して運転席のドアを開ける。乗りこんでシートベルトを引き、……ふと、手が止まった。

「……一緒に暮らすって……わかってるよな?」

すぐ入籍しようという話にはなったが、同居することまでは話題にしなかったような……。

「いや、結婚すれば当然のことだ。言わなくたってわかるだろう」

悩む間もなく結論が出る。シートベルトをセットしてエンジンをかけた。

婚約者候補のひとり、樽谷《たるや》美沙《みさ》の執着レベルと勘違いレベルは候補の女たちの中でもトップクラスだ。まさか問い詰めるために待ち伏せしているとは思わなかった。

それ以前に、呼び出したつもりの場所に来てくれなかったからといって、逆に居場所を突き止めて観察するなど、どうかしている。

面倒な奴に捕まったと思っていたら布施優希が現れ、美沙が絡みだした。

階段から落ちた優希を病院に運ぶために美沙はその場に置いてきたので、解放されたのは都合がよかった。美沙の父親には電話で事情を説明し、責任として優希にかかる治療費を払うよう頼んである。

結婚相手を探せないと泣きだした優希を見て、彼女がどれだけ真剣にアプリに期待をかけていたかを悟った。

あんな条件を出した理由を聞けば、本当にやむにやまれぬ事情だ。

女は計算高い生き物だ。賢人の中にある女性に対する評価と嫌悪感が、不用意に発動して優希を傷つけていたのがわかった。

全治一ヶ月の怪我を負っては婚活ができない。絶望に涙を流す彼女を見て……胸が痛んだ。涙は女の武器だ。泣き落としを使う女は何人も見てきた。女の涙なんて信用できないもののひとつであるはずなのに……。

いろいろと話をしながら、優希は、賢人が今まで見てきた女性たちとは違うのではないかと気づきはじめる。

極めつきは、女嫌いなのに仕事で女性に接するのはつらくないのか、という話をしていたとき。

患者は患者、看護師は看護師、〝女〟だと思って見なければいい。そんな話をして、ふと女嫌いでも性欲は別だと口にした。

女嫌いだから同性が好きとか自分が好きなナルシストだとか、そういった方向に考えられるのも面倒だと思ったからだ。

特に変なことを言ったわけじゃない。男なら当然のことだし、それを聞いたからって「まあ、そうだよな」くらいしか思わないだろう。

それなのに……。

――――聞いてません！

真っ赤になって、ムキになって……。――恥ずかしがった。

彼女の涙で痛んだ胸が、おかしな鼓動を刻む。ふわりとあたたかくなり面映《おもは》ゆい気持ちがあふれて、いつの間にか微笑んでいた。

そのとき、心の声が囁《ささや》いたのだ。

――――彼女なら、結婚相手にしてもいいかもしれない。

結婚を納得させるためにかなり真剣に説得したが、言えば言うほど優希はうろたえて恥ずかしがる。

なぜそんなに、と思うのに、いつの間にか彼女のその反応が嬉しくて行動がエスカレートした。

賢人は、優希に構いたくて堪らないという気持ちでいっぱいになっていたのだ。

それがなぜだかわからないまま……。

(子どものころ、飼っていた犬をよく構いたくなったものだが、それと同じだろうか)

考えこんでいると、運転席の窓がコンコンと叩かれた。見れば同僚の女性医師、南川佳織《みなみかわかおり》が中を覗《のぞ》きこんで手を振っている。

窓を半分開けると、こちらがねぎらいの言葉をかける前に佳織の口が開いた。

「急患だったって？　お疲れ様。飲みにいきたいんだけど、つきあってくれない？」

彼女もちょうど終わったところなのだろう。尋ねる体ではあるが、決定と言わんばかりの口調だ。

少しでも返事に間があれば有無を言わせず助手席に乗りこんでくる。それがわかっているので賢人の返事も早かった。

「いや、今日はやらなくてはならないことがあるので。南川も、お疲れ」

言い捨てて素早く窓を上げ、ゆっくりと車を出す。「美人外科医の南川先生」と患者に評判の顔を不満そうにさせているだろうが、サイドミラーでそれを確認する気も起こらないまま駐車場を出た。

佳織は賢人と大学の同期で同い年だ。親が開業医で学があり美人。賢人の両親がそこに目をつけないはずはなく、婚約者候補のひとりになっている。

他の婚約者候補と違って年齢的にも落ち着いているし、比較的出しゃばらないので仕事の同僚としてはつきあいやすい。

が、プライベートになると、自分はいい女だから相手は自分の要求を呑んで当然という態度をとってくる。

「さて、準備を急ぐか……」

いつもなら、女性に煩わしさを感じたあとは溜め息が出るのだが、今回は出ない。

――優希のおかげかもしれないと、本能的に感じた……。

第二章　夫婦らしくするための甘いいろいろ

翌日、早朝から賢人がやってきた。

「準備をしろ。退院するぞ」

夏の日の出は早い。朝五時ともなればすっかり明るくなっている。だからといってそんな早朝から「退院するぞ」とはなんの冗談か。

「あの……今何時だと……」

今日も今日とてベッドのリクライニングをいい感じに起こし、スマホをいじっていた優希は呆《あき》れた声を出した。

それに対して、麻の涼しげなジャケットにジーンズというメンズファッション雑誌から抜け出してきたような風貌《ふうぼう》の賢人は、腕時計を見ながら答える。

「五時十八分」

「どうしてこの時間に退院なんです？」

「起きていたから」

あまりにも見たままの答えで、返す言葉もない。

優希だって、こんな朝早くに目が覚めるとは思っていなかった。昨夜は痛み止めをもらい、なんだか疲れてすぐに眠ってしまったせいか朝の五時に目が覚めてしまったのである。

二度寝してもいい時間ではあったが、妙に目覚めが爽やかだった。昨日あれだけ気になった全身の痛みも、それほど気にならない。病室のカーテンを開ければ昨日までのよどんだ気持ちが洗われるような快晴。

これはもう起きるしかないでしょう、と張りきりベッドを飛び出す。あまりにも気分がよくて、着地した瞬間に痛みが走るまでねん挫の存在を忘れていた。

痺《しび》れる痛みに身体が固まり張りきりすぎを後悔したものの、すぐに、まあいいかと切り替える。

部屋に備えつけの洗面台で顔を洗って、ひとまず職場に休む旨のメッセージをいれていたところで賢人がやってきたのだ。

「確認ですが、痛みのほうはどうです？　打撲による身体の痛みはわかりやすいのでともかく、ねん挫をしているのを忘れてベッドから飛び下りたりはしていないでしょうね？　駄目ですよ、よくいるんです。安静だと言い聞かせているのに、自分判断で調子に乗って悪化させる馬鹿が」

……ここにもいます。

とは、悔しいから言わない。

医師モードの彼は丁寧で優しいはずなのに、ぽろっと辛辣《しんらつ》な一面が顔を出す。よほど患者の〝自分判断〟が腹に据えかねるのだろう。

わからなくもないが、ここはニカッと笑ってごまかす。あからさまに怪訝《けげん》な顔はされたものの、こういう人なのだとわかってしまうとあまり気にならなくなっていた。

「でも、こんなに早く退院してどうするんですか。早朝ウォーキングでもするんですか」

「ねん挫が悪化するぞ」

「わたしは見学でお願いします」

「今から準備をしたら、なんだかんだで六時近くなる。近くにモーニングが美味《うま》いホテルがあるから食いにいこう。うちの病院の食事もなかなか美味いが、ホテルモーニングのビュッフェで好きなものを頼んだほうがいい」

「朝から贅沢《ぜいたく》ですよ。あっ、わたしにとっては贅沢、って意味ですけどね。ホテルでご飯なんて、社員研修旅行以来です」

「俺の妻になるんだから、それくらい普通だと考えろ。金銭的によけいな心配はするな」

「つっ、つまっ……」

妻、の言葉にたじろぎ、スマホを落としそうになる。両手でしっかりと握り、なにやってるんだと言わんばかりに不思議そうな顔をする賢人に、引きつった笑顔を向けた。

（妻、妻とか……。いやでも、結婚するって決めたんだからそういうことになるのか）

「ほら、飲むか？」

ベッドの横に置かれていた移動式テーブルを優希の前にセットし、賢人はそこにミネラルウォーターのペットボトルと、それより小さなアイスコーヒーのペットボトルを置いた。

「喉が渇いているだろう？」

「わぁ、ありがとうございます。さっそくいただきます」

見た瞬間に喉が渇いてきた。ミネラルウォーターのペットボトルを開けて口につける。病院の自動販売機で買ってきてくれたのか、水はとても冷たくて気持ちいい。ごくごくと流れるように入っていき、結局一気飲みしてしまった。

「おいしーっ、嬉しぃー」

ハアッと大きく息を吐き、爽快感に笑顔が出る。すると、賢人が口元を片手で押さえて顔をそらしていた。

五百ミリリットルを一気飲みなんて、下品だとか、まずます女が嫌いになったとか、いやな印象を与えてしまったのだろうか。ホテルでのモーニングが普通と言う人だ。大きな総合病院のご令息だし、行儀にはうるさいのかもしれない。

「すみません……喉が渇いていていて……すごく美味しく感じたので……」

「……ったく、予想外な顔ばかりする」

「はい？　なにか……？」

「なんでもない。ほらっ」

なにを言われたのかわからないまま、賢人がアイスコーヒーのフタを開けてくれる。

「こっちは甘いやつにした。カフェでアイスコーヒーを飲んだとき、備えつけのガムシロップを三つ入れていたから、甘いほうが好きなんだろう」

「ありがとうございます……」

そんなところを見ていたとは驚きだ。いや、逆に備えつけだからいいと思ってガムシロップを三つも使って、図々しい奴めと思ったから覚えていたのでは。

先の五百ミリリットルで喉は潤っていたが、甘味を求めてアイスコーヒーに口をつける。

本当に甘めで、でもすっきりした味わい。

「甘くて美味しい。全然苦くない。これ好き～、初めて飲みました」

「新商品らしい。もしかして、苦いのは苦手なのか？　ガムシロ三個だったし」

「はい、実は。コーヒーもそれほど得意ではなくて、ちゃんと落としたコーヒーって苦かったり酸っぱかったりするじゃないですか。どうもあれが苦手で……。甘くすれば飲めるんですけど」

「じゃあ、どちらかといえば紅茶派？」

「紅茶もそれほど……。茶葉の苦みっていうか紅茶独特の味が苦手で……。ミルクティーなら飲めるかな、って感じです」

「それならココアは？」

「大好きですっ」

元気に答えると、賢人が肩を震わせて笑いだす。コーヒーの苦いのが苦手とか、紅茶の茶葉の風味が苦手とか、ココアは大好きとか、とんでもないお子様だと思われたのではないか。

「そうか、ココアが好きか」

「はい……」

「俺もだ」

「美味しいですよねっ」

まさかのココア好き仲間。意外ではあるが嬉しくて満面の笑みを浮かべた。

「そうか、それなら今日の買い物リストにはココアも追加だな」

「買い物？」

「その前にこれだ」

賢人はジャケットの内ポケットから折りたたんだ紙を取り出し、テーブルの上で広げて見せる。

最初に思ったのは、かわいいな、ということ。程よくデフォルメされたハムスターのイラストが、淡いピンクの用紙にちりばめられている。

「婚姻届だ。あとは君が記入するだけになっているから」

「婚姻届⁉」

驚いてテーブルに両手をつき、用紙に目を近づける。確かに左上には婚姻届の文字があった。

「そんなに驚くな。昨日、婚姻届を用意すると言ってあっただろう」

「それは覚えてますけど、……まさか、こんなかわいいものだと思わなくて……。役所でこんなかわいいのをくれるんですか？」

「いや、それはダウンロードして印刷したやつだ。そっけないものより、こういったもののほうが好きかと思ったんだが……。これがいやなら別のデザインもあったから替えるか？」

「これでいいです、これで十分ですっ。かわいいかわいいっ、そうなんですね、いろんなデザインの婚姻届がダウンロードできるんですねっ」

意外すぎて焦る。まさか賢人が、わざわざ優希の好みを考えて、かわいい婚姻届を選ぶなんて。

こんなに、相手のことを考えて行動してくれる人だと思わなかった。

彼の職業は医者なのだし患者のことを考えて行動したって不思議ではないが、仕事を離れた彼もなかなか気遣い上手ではないか。

とてもではないが、女嫌いで婚約者候補を空気のように扱い、ただし「性欲は別」と言いきる人とは思えない。

ジッと婚姻届を眺めていると、賢人が豪《えら》く立派なボールペンを貸してくれた。〝妻になる人〟の欄に名前を書こうとすると、胸が小さくキュンッとする。

一ヶ月だけでも結婚するのだ。自分が誰かと夫婦になるということが、じわじわと実感できてきて鼓動が大きくなってくる。

――結婚なんか一生しなくていいと思っていた。

父と母のような末路をたどるかもしれない。それなら、気が合うかどうかもわからない人間と一生を共にする決意などしなくてもいい。

一ヶ月ほどで終わることになる結婚の用紙に、優希は名前と住所を書きこむ。ボールペンを返そうと差し出すと、持った手ごと賢人に摑まれた。

「よし、これを出せば夫婦だな。サッと行って出してきたいところだが、君も立ち会いたいだろうから一緒に行こう。ただ、昨日の今日だし、あまり無理はさせられない。もし傷や身体が痛みだしたらすぐに教えてくれ」

打撲の痛みはだいぶ引いたし、縫った箇所やねん挫もそれなりだ。それでも医者の立場として気にしてくれているのだろう。

「あの、もし足手まといになるようでしたら、御園さんがサッと出してきてくれてもいいですよ」

むしろそのほうが彼も気を使わなくてすむのでいいのではないだろうか。と、思ったものの、直後賢人が不思議そうな顔をする。

「なにを言っている。入籍しにいくんだぞ。夫婦がそろっていなくてどうする」

「え……、あ」

「君だって、自分が結婚するタイミングに立ち会いたいだろう。入籍して受理された瞬間、夫婦になったのだという感動を味わいたいだろう」

「は……ぁ、はい」

うろたえつつも発した「はい」という返事に「うんうん」と納得し、賢人は受け取ったボールペンを胸ポケットに差してから優希の左手を取った。

「できれば結婚指輪を選びにいくところまで進みたいが、身体に無理がかかるようならパンフレットだけもらって帰ろう。君の家にも当座の荷物を取りにいかなくてはならないし、買い足さなくてはならないものもある。ああ、心配するな。俺は実家暮らしではなくマンションを借りている。2LDKだがウォークインクローゼットは十分大きいし、リビングダイニングも広くて君が大の字になってごろごろ転がっていてもまったく気にならないくらいだ。食材は少し買い足すか……。ところで君は、朝はパン派か？　白米派か？」

優希の左手薬指を撫《な》でながら、賢人は機嫌よく話を進める。

が……。

優希は、なにから追及したらいいかわからなくて目が点だ。

(結婚指輪？　当座の荷物？　ふたりで暮らす？　２ＬＤＫのマンション？　ごろごろ転がっていても気にならないくらい広い？　食材を買い足す？　パン派？　ご飯派？)

――意味不明で、一気に考えようとしたら頭がパンクしそうだ。

「……朝は……白米派です」

とりあえず答える。

「そうか、気が合うな。俺も白米派だ。こだわっている米のブランドとかはあるか？　俺はあるんだ。米農家直送で美味いぞ」

白米に共通点を見出したのが嬉しいのか、賢人は楽しそうだ。

「こだわってるブランドとかは特に……。でもいつも同じのを買ってます」

違う。答えるより質問したい。そうじゃないと、なにがなんだかわからない状況で、なにがなんだかわからないまま流されていきそうだ。

「あの……御園さん？」

「ああ、その『御園さん』も入籍したらやめろ。夫を苗字で呼ぶな」

それならなんて呼べば……という疑問は浮かぶが、それを追及したら他の質問が流れてしまう。

とんでもない問題が目の前にあるというのに、それは駄目だ。話がそれないよう、優希は聞きたい言葉を口の中に溜めて、ジッと賢人を凝視する。

「その前に、結婚指輪って……なんですか」

「結婚したらつけるだろう？　俺は仕事のときはつけられないがプライベートではシッカリつけるつもりだ。君の母親に会うときだって、俺の祖父に会うときだって、結婚指輪はしていたほうがいい。普段からつけていれば〝夫婦になったんだ〟という実感も湧く」

言うとおりかもしれないが、夫婦でいる期間はたったの一ヶ月。一ヶ月間夫婦でいるためだけに結婚指輪を用意するというのか。

無駄ではないのかとも思う。だが、母や賢人の祖父に会う際のことを考えれば、それは疑う余地のない小道具になりうるのだ。

「それと、なんですけど……」

「どうした？　なにか不安があるならハッキリ言え」

「……一緒に、住むんですか？」

「夫婦が一緒に住んでいなくてどうする」

間髪《かんはつ》を容《い》れずに返ってくる答え。しかしそのあとで、賢人がなにかに気づいた様子で握った右手をポンッと左手に打ちつけた。

「もしかして、昨日一緒に住むことを話していなかったか？」

優希はこくこくと何度も首を縦に振る。

「それはすまなかった。しかし、夫婦になるということは一緒に住むことだとわかるだろうし、問題はないな」

「問題は……」

あるようで……ない。

言われてみれば、一ヶ月でも夫婦になるということはそういうことだ。挨拶のときだけ夫婦のフリをすればいいというものではない。

「……ない、ですね。では、一ヶ月ほどそちらのマンションにお世話になります」

「違う」

いきなりの駄目出し。ベッドに片手をつき、もう片方の手を腰に当てて、賢人が身体をななめにしながら優希の顔を覗きこむ。

「夫婦で住むんだ。君の家でもある。お世話になりますは違う」

（顔が近い!!）

賢人がいいことを言ってくれているのに素直に受け止められない。それよりも、目と鼻の先にとんでもなく秀逸な顔があることのほうが大変な事態だ。

（なに!?　この綺麗な顔はっ！　顔！　顔っ！　近づきすぎですよ！　そんなに近づいたら、近づいたら、唇がくっつきそうです！）

唇がくっつく。そんなことを考えてしまった瞬間、ぼっと顔が熱くなった。とっさに下を向く。

「どうした?」

「……顔が……近すぎます……」

「顔?」

「……口、くっついちゃう」

何度もうなずきながら出した声は聞こえていなかったかもしれない。むしろそのほうがいい。顔が近くて唇がくっつきそうだなんて、考えすぎだと笑われそうだ。

それでも、恥ずかしいのだから仕方がない。

賢人の顔が離れたのでチラッと彼を見ると、片手で口を覆って顔をそらしている。

「……ったく、予想外なことばかり……」

先ほども、似たような言葉を聞いたような……。

だが賢人の顔が離れたのでひと安心だ。水でお腹いっぱいでこれ以上は飲めないのに、もらったアイスコーヒーに口をつけるフリをすると、彼がジッとこちらを見ている。

「どうかしました?」

「いや、なんでもない。飲んだら着替えろ。俺は、病室の外で待っているから」

「はい、わかりました」

少しだけ……戸惑っているように感じたが、気のせいだろうか。

すぐに病室を出ていこうとした賢人だったが、ドアの手前で立ち止まり真剣な顔で振り向いた。

「身体が痛くて動きづらくないか？　着替えの手伝いは必要か？」

「ひとりで着替えられますっ」

ちょっとした問題発言である。断固拒否する優希に不思議そうな様子を見せながら、賢人が病室を出ていく。

そんな「どうして？」と言いたげな顔をされても、逆にどうして普通にそんなことが言えるのか優希のほうが聞きたい。

ゆっくりとベッドから下り、ロッカーから昨日着ていた洋服を出す。アパートに当座の荷物をまとめにいったらひとまず着替えさせてもらおう。

「患者の着替えを手伝うのが趣味なんだろうか。それか、服を着せるのが趣味とか……」

なんだか胸がもやっとする。これは不快感というやつだろうか。

――いや、それとは少し違うような……。

「やらしいなぁ、もうっ。女嫌いのくせにっ。性的なことは話が別ってことですかっ。これだから、なまじ顔のいい男はっ」

ふと、ほどほどに顔がいい芹原を思いだす。仕事仲間なのでおおいに庇《かば》うが、彼にはそんなおかしな趣味はない、と思う。

病院貸与のパジャマを脱いでシャツに袖を通す。ジーンズを穿くときに少し気を使うくらいで、普通に動ける。全治一ヶ月は大げさなのではないか。

打撲痕が消えるまでを含めてとも言っていたので、それくらいかかるのかもしれない。なんにしろ普通に歩けるようになれば、一ヶ月を待たなくても仕事に出られる気がした。

「怪我の程度はよく知ってるのに。着替えの手伝いだなんて……」

ブツブツ言いつつシャツのボタンを留めていく。その手が、ゆっくりと止まっていった。

「あれ？」

思い返してみれば……賢人は自分が着替えを手伝うとは言っていない。「着替えの手伝いは必要か？」と聞いてきただけだ。

もしや彼は、優希が着替えを手伝ってほしいと答えたなら、看護師に頼むつもりだったのでは……。

それなら、優希がムキになって断固拒否したとき、「どうして？」と言わんばかりの不思議そうな顔をしたのも納得がいく。

動きを止めたまま、冷汗がにじむ。

（申し訳ございません！！！！）

心の裡で盛大に土下座をする。

なんて申し訳ない勘違いをしてしまったのだろう。着替えを手伝うのが、賢人本人なのだと思いこんでしまったなんて。

（謝ろう……）

これは心を込めて謝罪するべき案件だ。自分の恥ずかしい間違いに気づくと、いても立ってもいられない。優希は急いで着替えを進めた。

バッグを持って病室を出ようとすると、ドアの外からかすかに話し声が聞こえる。賢人の声もするような気がした。

そぉっと、引き戸を少しスライドさせる。やはり病室前の廊下で賢人が立ち話をしていた。時間帯的に気を使っているのか控えめの大きさになっている。

「結局は夜勤になったのか。飲む手前でよかったな」

「さあこれからっていうときに呼び出しだもの。タイミングよすぎて誰かに見張られてるんじゃないかって思った」

「君の担当患者だし、仕方がないな」

「退院後は気をつけるようにきつ～く言い聞かせたのに、階段から落ちて再骨折とか……ないわ～」

「案外、『南川先生に会いたい』っていう執念じゃないのか。慕われていたみたいだし」

「もしそうだったら、担当替わってもらえる？」

「断る」

「冷たいなぁ」

賢人と話しているのは白衣姿の女性だ。会話から医師なのだとわかるが、まるで女性俳優が医者を演じているかのよう、見栄えのする美人だ。

（ずいぶん仲よさそう……。歳が近いのかな。それとも……）

「それとも」のあとが続かない。

彼は女嫌いだというから彼女ではないはずだ。仕事は仕事と割りきっているからこそ、こうして女性の医者仲間とも親しげに話せるのだろう。

立ち話をするふたりに目を引きつけられて賢人に声がかけられない。いつまでも眺めてしまうのは、とても絵になる光景だからだ。

お似合いの美男美女とは、こういうのをいうのではないのだろうか。

「階段といえば、御園君も階段から落ちた人を担ぎこんできたんだって？」

「ああ、今着替えるのを待っていて……」

賢人の顔がこちらを向く。当然、目が合った。

「あ……」

立ち聞きしていたのがバレてしまった。気まずさで戸惑っていると賢人がドアを開ける。

「終わったのなら声をかけろ。なに突っ立ってるんだ」

「すみません……お話のお邪魔になったらいけないと思って……」

「君がそんな気を使う必要はない」

肩を抱かれ、ゆっくりと廊下に出る。すると、女性医師に声をかけられた。

「昨夜、御園先生に運びこまれた方ですよね。身体の調子はいかがですか？」

「はい、おかげさまで痛みもだいぶ引きました。ありがとうございます」

「お礼なら御園先生に言わなくちゃ」

にこりと微笑む顔がまた綺麗だ。白衣についたネームダグをちらりと見ると【外科　医師　南川佳織】とある。賢人と同じ外科の医師らしい。

「あの、ありがとうございます。先生」

言わなくちゃ、と言われたので、素直に賢人に礼を言う。そういえばお礼らしいお礼を言っていなかった。

するると、賢人が優しげに微笑んだのだ。

「なんだ？　いきなり他人行儀に礼なんか言って。驚くだろう」

驚くのはこっちだ。なんというイケメン対応。南川医師もどこか雰囲気がおかしいと感じたようで、わずかに表情が曇《くも》った。

「なんだか親しそうだけど、お知り合いなの？」

その質問を待ってましたと言わんばかりに、賢人が優希の肩を抱き寄せる。

「今日、入籍するんだ。優希と」

「は?」

今までの感じのいい声とは打って変わって、南川医師はものすごく険悪な声を出す。

「は?」と言いたかったのは優希も同じ。入籍するとハッキリと言ってしまっていいのか。

「それで忙しいから、今日は急遽《きゅうきょ》休みをもらった。ヘルプの先生も頼んであるから、よろしく」

「休みは……いいけど、入籍って……」

南川医師は少々動転しているようだ。いきなり同僚の入籍を知ったのだ、驚く気持ちはわかるが、それとも少し違う様子を感じた。

そんな彼女を歯牙にもかけず、賢人は優希の肩を抱いたままゆっくりとエレベーターホールへ向かう。

「忘れ物はないか? 鞄《かばん》ひとつで運びこまれたんだからあるわけもないか」

「はい……あっ、でも、ペットボトルを片づけてくるのを忘れました。ゴミ箱に入れていないです」

「清掃の人がやってくれる。気にするな」

肩を抱き寄せた手でポンポンッと頭を叩かれる。妙に優しくて焦るあまり、優希はさらに言葉を続けた。

「それとっ、アイスコーヒー、まだ残ってたんです。持ってくればよかったのに置いてきち

ゃいました、ごめんなさい」

「いいって、いいって。そんなことを気にしたのか、本当に謙虚でかわいいな君は。アイスコーヒーくらい、また買ってやる。いや、俺が淹《い》れてやるから。甘いやつ」

「は……はいぃ」

あまりの愛想のよさに声が震えた。このべたべたした態度、いったいどうしたというのだろう。

エレベーターに乗りこみ、ドアが閉まる瞬間、賢人がフンッと鼻で嗤《わら》う。ハッとしてドアを見やると、閉まりかかる隙間からこちらを睨みつける南川医師の姿が見えた。

直感で悟る。賢人がべたべたした態度をとっていたのは、彼女に見せつけるためだ……。

「今のも、婚約者候補のひとりだ」

賢人が口を開く。ふたりきりだからなのか早朝だからなのか、エレベーターの中は妙に音が響いて下降音が耳に煩わしい。

「大学の同期だ。『私サバサバしてつきあいやすいでしょう』という顔をして、何気にぐいぐいとしつこいタイプ。これで少しはおとなしくなるだろう」

「いったい何人婚約者候補がいるんですか」

「さあ?」

「さあ、って……。自分のことなのに」

「昨日も言ったが、親が勝手に決めてくる。家柄がよくて見目よい才女。候補は出してやったから選べって感じだ。放っておけば、娘の親がいつまでも結婚に話が進まないのに痺れを切らして向こうから脱落してくれる。そうするとまた追加される。脱落していないのは、今の南川佳織と、……昨日君に怪我をさせた樽谷美沙だけだ。早い話、このふたりがワンツーを争うしつこさだ」

ようは、ワンツーを争うふたりに優希の存在が知られているということになるが、大丈夫なのかと心配になってきた。

「あの……いいんですか？　入籍すること言ってしまって」

「問題ない」

「でも……ひと月後には……」

「そのときはそのときだ。娘の親は離婚歴のある男は基本いやがる。高い地位にいる親ならなおさらだ」

「そういうものですか？」

「そういうものだろう」

「わたしは……好きなら関係ないかなって思います」

照れるセリフではあったが、つい思うまま口から出てしまった。

しかし、賢人は地位の高いご令嬢の親のことを言っているのに、こんな意見は見当違いなのではないか。

よけいなことを言ってしまった。さぞ馬鹿にされるだろうと思いながら賢人に目を向ける。

……と、なぜか彼は片手で口を押さえて顔をそむけていた。

「御園さん？」

なんだろう。今日はずいぶんとこの反応を目にする。

「……その顔、やめろ……」

「顔が……なにか？」

「なんでもない。行くぞ」

ちょうどエレベーターのドアが開く。相変わらず肩を抱かれたまま、ゆっくりと進んだ。

「身体がだるかったり脚が痛かったりしたら、すぐに言え。無理はするな」

「はい」

ときどき狡猾《こうかつ》そうな顔が見えたりもするが、本質的にいやなタイプではないと感じる。今だって、優希に気を使い、歩幅を合わせてゆっくり歩いてくれている。

女嫌いだというわりには、優しい。

（もしかしてお医者さんモードなのかな）

それだから優希の肩を抱いたりもできるのだろう。

（きっとそうだな）

ひとり納得し、賢人に顔を向ける。

「ありがとうございます。わたし、男の人にこんなに大事に扱ってもらったの初めてです」

照れ隠しにおどけて言ってみる。医者なんだから当然だと返ってくるかと思いきや……。

なぜか賢人は、またもや片手で口を覆って横を向いてしまった。

こんなに内容の濃い一日は初めてだ。

早朝に病院から連れ出され、名前しか知らない高級ホテルでモーニングを食べて、それから婚姻届を提出した。

ハムスター柄の婚姻届がかわいすぎたせいか、それとも用紙一枚出したからといって目に見えてなにかが変わったようには感じなかったせいか、結婚した実感が湧かない。

そのあとは優希が住む2Kのアパートへ。賢人のマンションで生活するにあたって、必要なものを持ち出すためだ。

持っていきたいもの、大きめのものや本などの重いものは賢人がまとめてくれるので、優希は貴重品や着替えなどを鞄に詰める。

賢人が荷物を車に積んでくれているうちに、目標にしていた着替えもできた。

ものはそんなに多くない。父が亡くなって、父娘で住んでいたマンションから引っ越す際に遺品と一緒に優希もいろいろと整理したのだ。

アパートはひとまずこのままにしておく。結婚期間は一ヶ月だし、それが過ぎて賢人のマンションを出たあとに住む場所がなかったら困る。

ものも少ないし、そんなに時間はかからないだろうと思っていたのに午前を費やした。

お昼は近所にあるラーメン屋をお勧めした。流行《はや》りの盛り盛りではなくシンプルだが、スープがとても美味しい。

大病院のご令息にラーメンはどうかと一瞬思ったが、大学時代には友だちと食べ歩きをするくらい好きだったらしく、優希お勧めの店も気に入ってくれた。

カウンターに並んで座り、ふたりで麺《めん》をすすったのである。

「のびてないラーメン、久しぶりに食べたな……」

なぜか感動していておかしかったので、すかさずからかう。

「いつもはのばして量を増やしてから食べるんですか？」

「病院でラーメンを食べようとすると、必ず急患やら呼び出しやらで放置になる。戻ってきたら汁もないほどのびてるんだ」

「それは……無駄になっちゃいますね」

「食べるけどな」

「食べるんですか？　汁もないほどのびてるのに？」

「もったいないだろう。作ってくれた人に失礼だ」

「わかります！　その気持ちっ！」

ここはおおいに同調し共感してしまった。

優希も長年ファミレスに従事していて、作った側が落ちこむレベルの「もったいない」を何度も経験している。

この人、やっぱりいい人だ。そんな気持ちになりもしたが……。

「本音を言えば、そのタイミングを逃したら食事をする暇がないから、仕方ない気持ちも込みで一気食いしてるのが本当だけど」

「発言がいい人すぎると思いましたっ」

とはいえ、食事をとる時間も再注文する余裕もないくらい忙しいことが多いのだろう。

「忙しいけど、頑張ってるんですよね。エライです。毎日お疲れ様です」

なごやかな雰囲気になっていたこともあって、ついノリで賢人の頭を撫でてしまった。すると彼は、またもや片手で口をふさいで顔をそらしてしまったのである。

――この行動の意味が、わからない。

食事がすんで、あとは買い物である。

ふたりで住むうえで必要なものや食材をそろえるということで、主に日用品、タオルや食器などを選んだ。

日常の品は優希がいつも使っているものがあるのだが、アパートに置いてきた。優希は持っていこうとしたのだが、賢人に止められたのだ。

「新婚なんだから、そろいのものを使えばいい」

……言い返せなかった。

足りない日用品は気づいたときに買い足すことにして、残りは食材。野菜や卵の他に、もちろんココアも買った。

仕上げに賢人が連れていってくれたのが、外見がモダンでおしゃれなパティスリーで、なんとホールケーキを購入したのだ。

4号なので小さめではある。彼いわく……。

「入籍記念日なんだから、ケーキでお祝いとかするだろう」

なにも言えなかった。

そんなこと、優希は考えていなかったというのに……。

——賢人が住むマンションに到着したのは、十六時を回ったころである。

十五階建て高級マンションの最上階。地下駐車場から十五階の部屋の前まで一気に上がれるありがたい構造だ。

ホテルのような立派な内廊下に見惚《みと》れる間もなく部屋に入れられ、広い廊下やシャンデリアが輝くリビングに目を丸くした。

車から荷物を取ってくると言われ少しのあいだリビングのソファにひとりで座っていたのだが、自分はいったい、どうしてこんなところにいるのだろうと落ち着かない。

賢人がマンションに一緒に住む話をしたとき「君が大の字になってごろごろ転がっていてもまったく気にならないくらいだ」とは言っていたが、本当に広くてごろごろどころか走り回れそうだ。

おまけに、優希の荷物や買ったものをまとめて運んできてくれたのは、マンションのコンシェルジュだという三人の男性だった。

本当にここに住んでいいのか不安になる。

宿泊料を取られてもおかしくない豪華さだ。

恐縮しまくっていた優希ではあったが、戻ってきた賢人がアイスココアを作ってくれたことで、やっと落ち着いてきた。

「疲れただろう。脚は痛まないか」

自分のグラスを片手に、賢人は優希の横に腰を下ろす。ちらりと見ると彼が持っているのもアイスココアのグラスだった。

「大丈夫です。思ったより全然平気」

「そうか？　意外に体力があるんだな。買い物の途中で弱音を吐くかと思っていたが」

「ホール仕事って体力も必要なんですよ。それに、わたし若いんで平気です。わたしより、御園さんのほうが心配ですよ」

「なに？　十歳年上だから年寄り扱い？」

「違いますっ、ほら、荷物とか全部持ってくれていたし、わたしに気を使って歩いてくれたし、疲れたんじゃないかなって」

　慌てて否定するものの、賢人はちょっとムッとした顔でグラスに口をつける。もしかして、十歳年上なのを気にしているのだろうか。

「張りきってたんだ。入籍したんだぞ、こんな経験、もう二度とできない」

「そんなことないですよ、なに言ってるんですか。わたしはもう二度とないかもしれないけど、御園さんならその気になれば何回でもできますよっ。お医者さんだし、お坊ちゃんだし、こんなすごいところに住んでるし、なによりすっごくカッコいいしっ」

　何回も……はマズいだろう。

　お互いの目的を果たして一ヶ月後に別れても、優希は難しいかもしれないが賢人は引く手あまたに違いない。

　少なくともあと一回は、入籍して張りきる機会がやってくる。彼がその気になれる女性と巡り会えたらの話だが。

（今日みたいに『入籍記念日だ』って張りきって、おそろいのタオルとかカップとか選んで、一緒にご飯を食べて、帰りにケーキを買って……）

一日中優希が感じていたやわらかな空気と微笑みを、知らない誰かも体験する日がくる。

――ちくん……と、胸の奥に小さな刺激を感じた。

「ふぅん、カッコいいって思ってくれてるのか」

賢人が距離を詰めてくる。脚が触れ合うくらい近くにきたということは、当然肩や腕も密着するということだ。

「初めて聞いた」

「わたしが言わなくたって、言われ慣れてるんじゃないんですか？」

だいたい、本人を目の前にして「カッコいい」なんて恥ずかしくて言えない。

ニヤッとした賢人が、意味ありげな目を優希に向ける。

「ところで、入籍したら苗字で呼ばないようにって言ったの、覚えてるか？」

「あ……」

忘れていた。というか、なんて呼んだらいいかわからなくて迷っているうちに「御園さん」に落ち着いていたように思う。

「俺は『優希』って呼ぶから。優希も俺を好きに呼べ」

「え？　あ、優希、……ですか？」

突然の名前呼び宣言にドキリとする。さらに顔を覗きこまれて、綺麗な顔面が目と鼻の先にあるのだ。

「優希」

「は、いっ、あの、御そ……えーと」

なんて呼んだらいいか焦って言葉が出てこない。それ以前に顔が近すぎて心臓に悪い。

「あ……」

彼と同じように、名前で呼べばいい。頭ではわかっているが言葉に詰まる。顔が接近したまま優希を見つめているということは、呼んでくれるのを待っているのだろう。

優希を見つめる瞳が哀願するように艶を放つ。そんな眼差しを受け止め続けるなんて無理だ。頰のあたたかみを感じながら視線を下げた。

「優希……」

「そっ、そんな顔しないでください」

「そう言われても、俺はこういう顔なんだが」

「なんか……大人っぽいっていうか、色っぽいっていうか……カッコよくて、困ります……。恥ずかしいよ……」

顔を見られてこんなに恥ずかしいなんて。仕事で接客中にじろじろ見られるのはスルーできるのに、賢人の視線はスルーできない。

むしろ、意識してしまう……。

手に持っていたアイスココアのグラスが賢人に取られる。彼は自分のグラスと一緒にソファ前のガラステーブルに置いた。

「困るのは俺だ。そんなに逃げ腰でいられたら、せっかくの新婚初夜が台なしになる」

数秒言葉の意味を考え……。

「初っ……や……」

意味に気づいて反射的に顔を上げる。賢人と目が合い、身体が固まる。

「あの……なんとおっしゃいました……？」

「新婚初夜のことか？　入籍したんだから新婚だ。今夜は初夜だろう？」

理屈的にはそうかもしれないが、そこまで本物の夫婦らしくしなくてもいいのではないか。

と、思った矢先に抱き寄せられた。それも賢人の腕のなかに抱きこまれてしまっている。

ドキンと大きく心臓が高鳴った。

「一ヶ月でも夫婦は夫婦だ。結構気持ちも盛り上がってるんで俺はいい感じなんだが、優希は違うのか？」

「実を言えば考えていなかったので……、盛り上がるもなにもないです」

鼓動が速く大きくなってくる。こんなに近くにいたら、心臓の音が聞こえてしまいそう。

「すぐ赤くなるし、カッコいいとか言ってくれるから、てっきり意識しているものだとばかり思っていたが」

「すみません……」

「新婚初夜、楽しみじゃなかった？　普通、ドキドキするけど楽しみなものなんだろう？」

「それは……」

普通はそうなのかもしれない。そこまでするなんて考えていなかったから意識するはずもない。まさか賢人がそんなことを考えていたなんて。

（もしかして、この人……『性欲が滾った』のだろうか）

賢人の行動を見ていて、とあることに気づく。しかし確証がなく言葉にできないでいるときゅっと抱きしめられた。

「やっぱり。ドキドキしているのがわかる。少し意識した？」

「こんなにくっついていたら……意識します……」

「じゃあ、もっとくっついていいか？」

甘い囁き声が耳朶《じだ》を撫でる。ビクビクッと、自分でも驚くくらい身体が震えた。

「そんなに震えるな。……かわいいな」

「で、でも……ンッ」

耳に賢人の唇が触れる。輪郭を食《は》まれ擦り動かされて、ゾクゾクッとした痺れが背筋から尾てい骨の下まで落ちていった。

「ハァッ……、ぁ」

思わず背筋が伸びて腰が反る。この反応はなんだろう。ゾクゾクしたといっても寒いわけじゃなく、むしろそこから熱が広がっていく。

「優希はずいぶんと……初心《うぶ》な反応をする」

「だって、こんな、のっ……」

背中にある賢人の手が服の上から背筋をなぞる。たった今おかしな痺れに見舞われたばかりなのに、追い打ちをかけられて優希は上半身を左右にくねらせた。

「やっ、ぁ……御、園、さっ……ぁ」

「賢人だ」

聞いたことのないような甘い声が耳朶をくすぐる。その言葉が、声が、トーンが、耳に感じた吐息が、鼓膜にまで伝わってきて三半規管が犯される。

「優希、俺を呼んでみろ。——賢人だ」

頭がぐらっとした。同じくして体温が上がってくる。まるで発熱したときのように、意識がふわふわする。

——呼んでほしいなら、呼んであげてもいいのではないか。恥ずかしいけど……呼びたい。

「賢人……さん」

口にすると胸の奥がきゅうっと絞られる。速くなっている鼓動とは違うなにかが、とくん……と跳ねた。

「賢人、さん……」

「ちゃんと呼べるじゃないか。偉いな」

「でも、恥ずか、し……ハァ……」

背中を撫でる手の感触がリアルだ。もしかしたら服の上からではなく、賢人の手が肌に触れているのではないか。

恥ずかしさとおかしな感覚で頭がほわっとして、よくわからない。

羞恥が強すぎて、わかろうとしていないのかもしれない。

「男の人……名前で呼んだの、初めてで……、ドキドキする……」

「それは嬉しいな」

カットソーがたくし上げられている。服が引っ張られる気配に合わせて腕が上がると、スルッと服を脱がされてしまった。

「優希の〝ハジメテ〟ひとつもらった」

抵抗する間もなく、ぱふんっとソファに身体が倒れる。覆いかぶさった賢人の唇が首筋に吸いついてきた。

「あの……賢人さ、ん、ンッぅ……」

「安心しろ。初夜とは言ったが最後まではシない。昨日怪我をしたばかりなのに、いきなり無理なことをさせるのは医者としてナシだ」

「それは……ちょっとホッとします。心の準備が……できてな、ぁっ、ハァ、ぁ」

首筋を下りてきた唇が鎖骨の上で歯を立てる。カリカリと掻かれてじれったい感覚が広がっていく。

「心の準備？」

ブラジャーのストラップが落とされる気配がして、思わず賢人の両肩に手を置く。

抵抗を企てたわけではないのだが、そのせいでストラップは二の腕で止まる。しかし賢人は、代わりにブラジャーのカップを下げてしまった。

胸のふくらみがまろび出たのを焦る間もなく、ひとつは頂を唇で覆われ、もうひとつは揉《も》み上げながらトップを指で擦り動かされる。

「あっ、はっ、ぁ……あぁんっ」

刺激に負けて予想外すぎる声が出る。こんな甘ったるい声を出す自分を、優希は知らない。

胸に未知の刺激を与えながらも、もう片方の手はスカートをたくし上げていく。座っている状態から上半身だけソファに倒れたので、両足は床に落ちていた。

なにも知らない身体に刺激がひとつ走るたびに腿《もも》がゆるみ、両腿に無防備な間隔ができていた。

いよいよ内腿に大きな手が滑りこんできて、優希は腰を震わせながら声を絞り出す。

「賢人さ、んっ、わたし、あのっ……！」

「やっぱり、処女か」

息を呑むように言葉が止まる。言わなくてはいけないけれど、恥ずかしさのせいで口に出しづらかった言葉を賢人が言ってくれたので、心の裡でホッと安堵《あんど》する。

「感じて震えているにしても反応しすぎだ。感じてくれるのは嬉しいが、戸惑いすぎてわけがわからなくなっていないか？　処女なら『処女です』とはっきり言わないと。怪我をしたのが昨日じゃなかったら、ベッドに引っ張りこんで初夜を満喫していたところだ」

「け、けんとさんっ、えっちですねっ」

「男として普通だと思うが？」

そうなのだろうか。経験がないぶん、そのあたりの基準もまったくわからない。

「……ったく、残念すぎる」

困ったように微笑み、優希の頭を撫でる。その表情に、不意打ちで胸がキュンッとした。

「優希、キスは？」

「キス……ですか？　ほっぺとかの？」

控えめに答えた優希の唇を、賢人は親指ですうっとなぞる。それだけなのに電流を流されたかのようにゾクゾクした。

「こっち」

「……ない、です」

「そうか、それなら、優希のハジメテをもうひとつもらおう」

すぐに賢人の唇が重なってきた。触れた瞬間こそ身体が震え力が入ったが、やわらかな唇がついたり離れたりするうちに抜けていく。

「さわられることに慣れておけ。俺は朝から煽られてばかりでソノ気になりすぎているんだから、このままですむと思うなよ」

「怖いこと言わないでくださいー」

クスリと笑った唇が、今までとはまったく違う力で吸いついてくる。しかしそれは、いやな感触ではなかった。

唇の表面に刺激が発生することで、なぜか口腔《こうこう》内が痺れてくる。熱を持ったように熱くなって、もどかしさでいっぱいになってくる。

「ん……ふぅ」

吐息が切なげに震える。それに応えるように、厚ぼったい舌が潜りこんできた。

賢人の舌は頬の内側や下顎を強弱をつけてなぞっていく。自分のものではない舌が口の中で動いているなんて焦るべきことなのに、マイナスの感情は湧いてこない。

それどころか、彼のキスが――心地よい。

「ハァ……ぁ、うんん……」

そう思うと、自然と媚《こ》びた甘ったるい吐息が漏れる。

それが賢人の行動をエスカレートさせた。片手で胸のふくらみを覆い、大きく揉み回される。

「ンッ……あっ」

強い力ではない。ゆっくりと揉み動かされていくうちに、胸に熱いものが広がっていく。ときどき頂を親指の腹でこすられ、もどかしい痺れに襲われて腰が揺れた。

「ぁ、あっ、ハァ、ん……」

賢人の舌は丹念に口腔内を愛撫する。舌を搦《から》め捕り、ゆるやかに吸いついた。

「んっ、ん……ぁぁンッ……」

甘い吐息が止まらなくなる。キスで口を半分ふさがれているのでこんなものですんでいるが、もしふさがれていなかったらどんな声が出てしまっていたのだろう。

内腿に彼の手を感じたが抵抗する気が起こらない。それどころか、脚の付け根が重くてじんじんする。

「……ごめんな。すぐ、着替えさせてやるから」

彼のささやきの意味がわからないまま、ショーツの横から指が挿《さ》しこまれてくる。それは躊躇《ちゅうちょ》なく秘裂に潜りこみぐるぐると回りだした。

「ふぁっ……あっ！」

今までで一番の刺激。キスや胸をさわられることで発生していたもどかしさや疼きが、そ

こで一気にかき混ぜられているかのようだった。

身体の中でもっとも恥ずかしい部分で、自分のものではない指が我がもの顔で暴れている。

屈辱的な行為のはずなのに、まったくそんな気持ちにならない。それどころか、そこを刺激されることで発生するなんともいえない快感がたまらなくて、いけないことのような気もするのにもっとしてほしいとこっそり思う。

「ふぅっ、ンッ、ハァ……！」

「こんなにべちゃべちゃにして……。かわいいな、優希」

賢人が少し上ずった声を出したような気がする。しかし脚のあいだで発生する感覚に意識が集中しすぎて、彼の言葉まで聞きとれない。

そこから突き上がってきそうななにかのせいで身体が切ない。助けを求めるように賢人に抱きついた。

彼なら助けてくれる。そう思えたのだ。

「わかった。イかせてやるから。泣くな」

指の動きが激しくなる。ぐっちゃぐっちゃと粘着質な音が耳に残るなか、秘裂の上のほうを強く押された。

その瞬間、なにか大きなものが突き上がってきて腰が跳ねた。

「んんっ……ンッーー！」

大きな声が出そうになるが、強く唇が重なり賢人に吸い取られる。唇が解放されると何度も大きな呼吸を繰り返した。

「上手にイけるな、偉いぞ。……傷がもう少しよくなるまで待ってやるが……覚えてろよ」

笑いながら指を舐《な》め、賢人は少し悔しそうだ。

今の衝撃で頭がぼんやりする。息が荒くて、鼓動が速い。目尻に賢人の唇が触れ、涙を吸い取られたことで泣いていたのだと気づいた。

「いやだったか？」

愛しげな眼差しをくれる賢人に問われ、優希はゆっくりと首を左右に振る。

「いやじゃ……なかったです……ぜんぜん」

それどころか、なんだろう、この満足感は。

全身がふわふわして心地よい。優希はしばらく、そんな不思議な感覚に陶酔した。

――その後。

バスルームで、自分がどれだけ感じて濡《ぬ》れてしまっていたのかを知る。恥ずかしさのあまり、しばらく賢人の顔をまともに見られなかった。


お互いの目的は、賢人は祖父、優希は母に結婚相手を会わせ、納得してもらうことだ。

そのため思い立ってすぐ入籍に踏みこんでしまったが、その前に賢人の両親に挨拶などはしなくてよかったのだろうか。

優希には挨拶をする親がいないのですっかり考えが抜けていた。

聞いた話によれば、相手の親に会って結婚を決めた報告をするというのは、精神的にも緊張するかなり大きなイベントらしい。

賢人としては、たかだか一ヶ月、親に挨拶の必要などないという考えなのか。

いやそれは奔放《ほんぽう》すぎないか。仮にも大病院の跡取りだ。結婚して祖父に挨拶にいかないなら僻地の診療所にやるとまで脅しをかけられている。

面倒でも、親の顔を立てるくらいはするだろう。

秘かにそんなことを心配していると、すぐに食事会の話をされた。賢人と彼の両親の都合が合うタイミングで、顔見せを兼ねた食事会をするという。

問題の祖父は終末期患者専用の療養所に入っている。こちらは両親よりも会えるタイミングが難しく、体調が落ち着いていてせん妄状態ではないときに面会が許されるという。

施設の担当看護師と連絡を取り合って、慎重に面会日を決めることになった。どうやらすぐには会えないようだ。

一方、加奈子のほうは入籍から十日後の週末に会うことが決まった。

電話ですでに入籍したと伝えたところ、少し動揺していた。おそらく、入籍してしまったのでは仮に相手の男性に文句をつけたとしても、優希を海外に連れていくのは難しいと感じたからだろう。

願ったりな反応である。

――入籍から、九日目。

朝食の席で味噌汁椀《みそしるわん》を片手に、賢人は優希に釘《くぎ》を刺す。

「今日は診察だから、ちゃんと予約時間どおりに来るんだぞ」

「予約時間に遅れたら、当然後回しになってしまう。病院の予約時間は守れ。ところで今朝の味噌汁美味いな、スープみたいだ」

小言勃発《ぼっぱつ》かと思いきや、いきなり味噌汁を褒められた。予約時間に関してひと言もの申そうと構えていた気力が一転、優希はほくほくとした笑顔になった。

「するするっと入っていくでしょう?　エノキと溶き卵なんですよ。ちなみに中華スープバージョンもできる組み合わせです」

「だからスープみたいだと感じたのか。うん、優希が言うとおりするするっと入っていく。喉越しがいい」

賢人のマンションに住むようになってから、優希は食事の用意をさせてもらっている。彼はなにを作っても美味しそうに食べてくれるので気分がいい。

仮にも結婚したのだし、一ヶ月こんな立派な部屋に同居させてもらうのだ。食事の用意くらいは当然だ。

ただ賢人には、最初、なにもやるなと言われた。理由は怪我をしているから。しかしまったく動けない怪我ではない。そのあたりは説得した。

怪我に対する賢人の制限は厳しく、仕事に出られないのはもちろん、ひとりで買い物にいくのも禁止だ。唯一行っていいのは、マンションに隣接するコンビニくらい。

ほかに掃除や洗濯なども進んでやっているが、床の拭き掃除のように動き回るものは禁止されている。

ダイニングテーブルに向かい合って座り、毎朝ふたりそろって朝食をとる。

お互い朝は白米派。炊き立てのご飯に味噌汁は定番だが、賢人は以前はレトルトの味噌汁が多かったらしく、毎朝手作りの味噌汁を楽しみにしてくれていて、必ずひと言感想をくれる。

ちなみに、「不味《まず》い」と言われたことはない。

(好き嫌いがないというか、作ったものに絶対文句とか否定的な意見とか言わない人だよね。口うるさそうなイメージがあるのに)

味噌汁椀がカラになったタイミングで目が合ったので、お代わりかと思い手を出す。椀は渡されなかったが代わりにその手を摑まれた。

「ちゃんとタクシーで来るんだぞ。前回みたいに『天気がよくて気持ちよかったから』なんて理由で電車と徒歩に変更なんて認めないからな。予約時間にかなり遅れただろう」

「はい……」

申し訳なさに恐縮する。前回の診察日、行き帰りはタクシーを使うようにと言われていたにもかかわらず、雨上がりの気持ちよさに誘われて最寄り駅まで歩いてしまった。

ここまで来たついでだと電車と徒歩で病院まで行ったのだが、予約時間に間に合わず、来院手段がすぐにバレて……豪く怒られたのである。

「ときに先生、お尋ねいたしますが……」

ちょっと気取って問いかける。

「通院の間隔、短くないですか？」

「どうしてそう思う」

「通院の間隔がなか二日って。三日ごとに病院に行ってるんですよ。頻繁に消毒しなくちゃいけない傷があるとかギブスをつけてるとか、そういう大怪我ならわかるんですけど……」

「主治医の判断に、なにか不満でも？」

「不満というわけでは……」

「それと、ギブスではなく〝ギプス〟が正しい。覚え間違いが多い医療用語だが、医者の妻が間違うんじゃない」

「……はい」

注意を受けてしまったが……、なんとなく納得がいかない。

あと、いつまで手を捕まえているのだろう。心なしか力が込もっていて、親指で手の甲を撫でられている。

……手を握られている気がして、照れくさくなってくるのだが……。

「それに〝御園先生の奥様〟を周囲に認知させるにはちょうどいいんだ。南川が『御園先生が入籍したらしい』と嫌味たらしく噂《うわさ》にしているから、みんな気にしている」

「やっぱり……噂になっているんですね……」

「俺が職場で結婚の話をしないから、噂にはなっていてもみんな聞きづらいんだろう。南川が冗談でそんなことを言うとも思えないんだろうし、妻らしい女性は通院してくるし」

職場の人たちにとっては腫れものにさわる心境ではないだろうか。

結婚したと噂はされているものの、本人はいっさい口にしない。めでたい話なのだから話題にのぼってもいいようなものなのに、これはなにか訳ありなのではないか。

そう思われても仕方がない。

噂になっているというか、外科の人たちくらいは賢人が結婚したことを知っているのだろうか……とは考えていた。

前回病院へ行った際、妙に待合室で看護師に見られている気がしていたのだ。それも遠巻きに。

珍獣にでもなった気分だった。

「それに、病院にくれば優希も俺の白衣姿が見られて嬉しいだろう?」

「なっ、なに言ってるんですかっ」

「いつも見惚れているくせに」

「そんなことないですよっ」

……カッコいいな……とは、思って見ている。プライベートの賢人を知っていると、「仕事中の白衣姿がカッコいい」とよけいにそう思う。

プライベートがカッコ悪いというわけではない。仕事では見せないような眉を寄せた不機嫌な顔も、もともと顔がいいのでカッコよくて男前なのだ。

(笑った顔とか、ちょっと寝ぼけてボーッとしてる顔なんかかわいいし……)

そのほかの表情を思い返す。イケメンはズルい。どんな顔をしていても決まっている。

婚約者候補だった人たちは、賢人のどんな顔を知っているのだろう。大きな病院の跡取りとして、真面目な顔をした賢人しか知らないのかもしれない。

そう思うと優越感に包まれる。他では見せない顔を、優希だけが知っているのだ。

――ときどき見せる、動悸《どうき》が激しくなるくらい艶のある顔も……。

そんなことを考えると、とくん……と鼓動とは違うものが胸の奥で跳ねる。賢人の〝艶のある顔〟を思いだしてしまい、頬があたたかくなった。

（初夜のやり直しって……あるのかな）

ときどきそんなことを考える。

入籍した日、新婚初夜だと賢人に迫られた。怪我をしたばかりで負担はかけられないと肝心な行為まで及ぶことはなかったが、優希は初めて性的に達する経験をした。

――傷がもう少しよくなるまで待ってやるが……覚えてろよ。

あのときの彼のセリフがずっと気になっている。もう少しよくなるまで、とはどのくらいだろう。

あれから同じベッドで寝ていても身体をさわられることはない。ただ、新婚の雰囲気を出せるようになったほうがいいからと、キスはされる。

「……優希」

「あっ、はいっ」

少しきつい口調で呼びかけられた。握られたままの手を凝視していたせいで不審がられたのかもしれない。

ひとまず口元に笑みを繕って顔を上げるものの、優希は言葉に困ってしまった。

賢人が片手で口を覆い、顔をそらしている。

白衣姿に見惚れているといった言葉を否定したせいか。いや、この反応は怒ったときに見せるものではないはずだ。

賢人と結婚すると決まってから、ちょくちょくこんな彼の様子を目にする。もしかしてなにか言いたいのを堪えているのか、それとも単なる癖なのか。

優希が素のままに振る舞ったり、恥ずかしがったりしたときに多く見せるような気がする。

優希が彼の言葉を待っていると、賢人は軽く喉を鳴らしながら顔をこちらに戻す。怒ったり呆れたりしているような様子はない。

「手を握るくらいで真っ赤になるな。このくらいで赤くなっていたら、優希の母親や俺の祖父に会ったときにぼろが出るかもしれない」

「え？　目の前で手を繋《つな》ぐんですか？」

「わざとらしくする必要はないが、なにかの拍子に手が触れたり、俺が肩を抱いたり、そういうこともあるだろう」

「そう、ですね」

「十日近くたつんだ。それなりにスキンシップはしているんだから慣れてくれているかと思っているが……、もう少し、内容を濃くしたほうがいいか」

内容を濃く、に身体が反応する。鼓動が大きく跳ね上がり、反射的に立ち上がっていた。

「だっ、大丈夫です！　手とか肩とか、当日さわられたって余裕です！　わたし、本番に強いんで！」

急に張りきったので、賢人がキョトンとした顔をする。すぐにプッと噴き出し、優希の手を放した。

「そうか、上手くやってくれることを期待しよう」

「賢人さんこそ、お願いしますよっ。明日は、わたしの母に会う日なんですから」

「任せておけ。堅実で真面目で、馬鹿みたいに優希を愛している旦那様に徹してやる。……あっ、味噌汁のお代わり、あるか？」

「ありますよ。今持って……」

席から離れようとすると、賢人が片手で優希を制し、味噌汁椀を持って立ち上がる。

「いいよ、自分で持ってくる。優希は座って食べていろ」

そのままスタスタとキッチンに向かう。手のかからない旦那様だ。遠慮しているのではなく、自分でできることは人の手を借りず自分でやってしまう。

大学生のころからひとり暮らしをしていると聞いたので、自然と自分でやる習慣がついているのだろう。

優希の父親は真面目で、自分のことは自分でやる人だった。それでも、賢人ほどではない。マメに体調を気遣ってくれるし、料理は褒めてくれるし、なんでも妻任せにしない。おまけに医者で働き者。極めつきは拝みたくなるレベルのイケメンだ。

(もしかして賢人さんって、理想の旦那様なんじゃない？)

一ヶ月間とはいえ、とんでもないハイスペックな旦那様を持ってしまった。これからの人生、これを超える相手に出会える気がしない。

（まあ、結婚なんてできるかわかんないし……）

キッチンから戻ってくる賢人をじっと眺める。視線に気づいたらしく、味噌汁椀をテーブルに置いた彼が優希のそばに寄ってきた。

「どうした。そんなに睨むな。優希がお代わりするぶんは、味噌汁残してきてやったから。あっ、持ってきてやろうか」

「いや、いいです、大丈夫ですっ」

こんな気遣いができて女嫌いだというのだから、いろいろ信じられなくなってくる。もしかして初夜で迫ったりキスするのは、恋愛対象の女としては見られていないからこそできる、ということなのだろうか。

ムキになって言ってからチラッと賢人を見る。面映ゆい笑みを見せられて……ドキッとした。

口元がニヤつきそうになるのをかくすために片手で口を覆う。ふいっと顔をそらしてから、賢人と同じことをしている自分に気づいた。


通院の予約はいつも正午だ。

当然優希が午前の診療の最後で、終わったあとは賢人と一緒にランチに行くのが決まりである。

「ねん挫の痛みは治まったようですね。ふくらはぎの傷も順調だし、痛み止めはもういいかな」

診察室のデスクで、言い放つ御園賢人医師。

爽やかだ。頼りがいのあるイケメン外科医。これでモテないはずはない。

(毎朝お味噌汁をすすりながらにっこにっこしてる人には見えないよね。ブラックコーヒーとシュガートースト、バター多めって感じの顔してるのに)

自分の想像もよくわからない。

今朝はエノキと溶き卵のお味噌汁でご機嫌だった顔を思いだし、不意ににやけそうになる。が、診察室担当の看護師が笑顔で優希を眺めているので、おかしな行動はとれない。

ここでニヤついたりしては、「御園先生の奥さんらしい人、すっごくニヤニヤして気持ち悪かった」と噂の的になってしまう。

「次は……、ああ、土日を挟むから週明けですね。時間はいつもどおり」

デスクのキーボードを打ちながら、賢人は次の診察予約日を確定する。普通こういう予約は、患者の意見も聞いてくれるものなのではないだろうか。

「では、週明けに。いいですよ、外来のロビーで待っていてくださいね」

にっこりと微笑まれ、優希もニコッと笑顔を見せながら立ち上がる。外来ロビーで待っていれば、仕事に一段落つけた賢人がやってくる。それからふたりでランチだ。

診察時間五分弱。こうして通院することも、夫婦であることを周囲に認知させる大切な行動なのだと思えば、面倒とも言っていられない。

診察室を出ようとすると「大丈夫ですか」と看護師が気を使って腕と背中に手を添えてくれる。くるたびに見かける若い看護師だ。優希とそれほど歳は変わらないだろう。

「御園先生、奥様が診察室に入ってこられる直前、いっつも白衣と髪型を整えるんですよ。今日もカッコよかったですね」

外来のロビーの椅子に優希を座らせ、くすぐったそうに告げ口をする。弾んだ足取りで診察室へ戻っていった。

白衣と髪型を整える。おそらく彼は「患者として妻がくるから、いいとこを見せようと張りきる夫」を演じているのだろう。

（頑張ってるんだな……。一ヶ月間だけでも、本物らしくしておかないと困るから）

表向き、彼の目的は祖父と結婚相手を会わせて安心してもらうことだ。しかしその裏には、婚約者候補たちをどうにかしたいという思惑もある。

結婚したとなれば両親も婚約者の選別をやめるし、選ばれていた女性たちも候補解除となる。

ふたりが目的を達成して別れても、離婚歴がある男に娘を差し出したい親はそうそういないから、結婚問題でうるさくされることもなくなる。……と、賢人は読んでいる。

(でもそうかなぁ……。普通の人ならそうかもしれないけど、あれだけのイケメンで、大病院の息子で、医者で。……諦めない人のほうが多いんじゃないかな)

賢人が聞いたら眉を寄せて思いきりいやな顔をしそうだ。

そんなことを考えていると、目の前に誰かが立った気配がした。顔を上げてギョッとする。南川医師だ。

「こんにちは、奥様。今日は通院日ですか?」

笑顔を向けられ、優希は慌てて立ち上がろうとする。

「こんにちは。……しゅ、主人が、いつもお世話になっておりますっ」

とっさに出た言葉は、同僚の妻に会ったときよく言われる挨拶だ。これでよかっただろうかと不安にはなるものの、多分間違ってはいない。

「座ったままでいいんですよ」

立ち上がりかけた肩に片手を置かれ、そのまま腰が椅子に戻る。怪我を気遣ってくれているのだろうか。お礼を言おうと顔を上げ……ビクッとした。

「それにしても、頻繁にいらっしゃいますよね、たいした怪我でもないのに。本当に御園先生の指示なのかと驚くくらい」

口元は笑っている。けれど、目が笑っていない。結果、どことなく表情が険悪だ。

「あ……わたしも、ちょっと多いなとは思うんですけど……」

「御園先生のご迷惑も考えてあげてくださいね。外科のエースですから、お忙しいんですよ。勤務中の素敵な姿を見たい気持ちはわかりますけど」

これは、もしかして責められているのだろうか。わがままな新妻が、夫の仕事を邪魔しにきている、そう言いたげな雰囲気だ。

元婚約者候補らしいし、優希に嫌味のひとつも言いたいのだろう。

これが純粋に婚姻関係を結んだ女性なら、夫の職場での立場や人間関係、そして自分への評価などを考えて下手なことは言わず微笑んでスルーするのかもしれない。

だが優希の場合は目的アリの一ヶ月婚だ。自分への評価などどうでもいい。むしろ優希への評価が悪いほうが「あんな性悪女に摑まって、御園先生がお気の毒」という話になっていいのではないかと思う。

性格が合わなくて離婚したという理由づけにも使えるし、性悪妻と別れた傷を慰めてあげようという女性が現れないとも限らない。

特に遠慮する必要もない気がする。

したがって、優希は黙ってはいない。

「本当に迷惑ですよ～。わたしだってやりたいことがあるのに。なか二日で呼び出されるんですよ、診察室に入ったたって五分もいませんよ。彼ってば、診察が終わったあとに一緒にランチに行くのが楽しみみたいで。なんでも、わたしが診察室に入る前に身なりを整えるそうです。そこまで楽しみにしてもらえているなら、ちょっと面倒でも来ちゃいますよね～」

嘘はついていない。怪我だって痛みは引いたし、残るは打撲痕くらいなもの。動けるようになってきたのだから、もう少し念入りに掃除もしたいし、買い物も行きたいし、アパートの様子も見にいきたい。

優希がくる前に賢人が身なりを整えるのは看護師に聞いたから事実だ。そんな話を聞いたら「まあ、いいか」と思ってしまうのも本当だ。

しかし調子づいた優希の態度が気に喰わなかったのか、単に呆れただけか、南川医師はそれ以上なにも言わず、プイッと立ち去ってしまった。

(怒ったのかな……)

しかしよく考えてみれば、少々惚気《のろけ》のようにも聞こえたのではないだろうか。

だとすれば、嫌味を言ってやろうと思ったら、まったく動じないし惚気るしで、呆れて立ち去ってしまった、というのが正解かもしれない。

小さく息を吐き、さりげなく周囲を見回す。午前の診療は終わっているので患者の姿こそないが、通りすがりの看護師がこちらをちらちら窺《うかが》いながら歩いていった。

御園先生の奥さんが南川先生に失礼を働いた、という噂でも立つだろうか。

もしそれで賢人に迷惑をかけてしまったら、謝ればいい。のちに、医者仲間に無礼な嫁だったと、別れた理由のひとつにできると思えば彼も悪い顔はしないだろう。……舌打ちのひとつくらいはされるかもしれないが。

（別れた理由、か……。そうだよね、一ヶ月で別れるんだから、賢人さんみたいな人は自分の体裁のためにも誰もが納得するものが必要だよね）

だんだん気持ちが重くなってくる。

久しぶりに、軽く溜め息が出た。

「布施？」

その名前が耳に入って、反射的に顔が上がる。今は〝御園〟だ。反応すべきではないのかもしれないが、聞き覚えのある声だったのだ。

「やっぱり布施だ。この病院だったのか、偶然だな」

見慣れた笑顔が目の前に立つ。――芹原だ。

「芹原さん……、なんか、すっごく久しぶりな気がします……」

「本当だな。十日ぶりか？　怪我をしてしばらく仕事ができないって店長から聞いて、驚いたんだぞ」

「すみません、驚かせちゃって。芹原さんは、どうしたんです？　仕事は？」

「今日は休み。従弟《いとこ》の見舞いで来たんだ。あと一週間で退院なんだけど、バイクで事故ってさ。実家は遠いし、叔父《おじ》さんに面倒みてやってくれって言われてて」

「従弟さんのお世話ですか。それは大変ですね」

本気で心配したのだが、なぜか手のひらで頭をポンッと叩かれた。……そのままのっている程度なので、痛くはない。

「なに言ってるんだ。布施も怪我で自分のことができないから、友だちのところで世話になってるんだって?」

「あ、はい、そうなんですよー」

ハッと思いだす。そういえばそんな言い訳を店側にした。

賢人は一ヶ月ののちに離婚しても特に大きな問題はない。しかし、優希には名前が変わったり住む場所が変わったりと、いろいろ変更事項がある。

正社員として籍を置いている手前、職場に嘘はつけない。店長には、事情があって怪我が完治する一ヶ月間だけ入籍をすることになったと説明をしてある。

それだけで訳ありなのはわかる。店の従業員たちを混乱させないためにも、ひとまず入籍は伏せておこうということになった。

住んでいるアパートに仕事仲間がお見舞いに駆けつけないよう、友だちのところで世話になっているということにしてあるのだ。

すっかり忘れていた。あわやボロが出るところだった。

「大変だったな。怪我はだいぶいいのか？　アパートに戻れるくらいよくなったら、怪我治ったぞ祝いで飲みにいこうな」

頭の上でポンポンと手が跳ねる。いつもは紙やらペットボトルやらでポコポコ叩かれているせいか、ちょっと変な気分だ。

「ありがとうございます。楽しみにしてます」

アパートに戻れるのは、すべての目的を終えて賢人と離婚し、元の生活に戻るときだろう。再出発を記念して、ぱあっと飲むのもいいかもしれない。

「奢《おご》りですよね」

「当然だろう、浴びるほど飲ませてやる」

「浴びたらベタベタしそうでいやです」

ふたりでアハハと声を出して笑う。ロビーが静かなので思った以上に声が響いて焦ったが、近づいてくる足音に気づいてなぜかドキッとした。

「楽しそうなところ申し訳ないが、妻を返してもらっていいかな」

その声と共に、頭にあった手が離れた。かすかな予感どおり、優希のそばに寄ってきた賢人が芹原の手を摑んでいる。

「妻……？」

芹原は目をぱちくりとさせている。そんな彼を意に介さず、賢人は芹原の手を離し、優希を立たせながら抱き寄せた。

「お友だちかな？　すまないね、これから妻とランチなんだ。時間がないので失礼するよ」

「あのっ、芹は……」

話しかけようするが、それをさせまいとするかのように賢人が優希の肩を抱いて歩きだす。どんどん芹原から離れていくなか、何度か振り向くものの彼の表情を確認できないまま肩を寄せられる。エレベーターに乗り、やっと立ち止まることができた。

「なんなんですか賢人さんっ、いきなり」

先ほどの彼はお医者さんモードとはどこか違った。素っ気なくて冷淡で。まるで婚約者の女性に接しているときのようだった。

優希と一緒に歩くときはいつも気遣って歩調もゆるめてくれるのに、さっさと立ち去りたいかのように速足で。

「あいつ……、優希の、なに？」

「同じ店の……マネージャーです。でも同期なので……」

エレベーターのドアが閉まる。頭に、賢人に手がのった。

「優希の頭にさわった」

「え？」

賢人の手は優希の頭をひと撫でし、ポンポンッと叩く。

「俺だって、こうやって甘やかしたいのに……」

目が賢人から離せなくなる。頬がほわっとあたたかくなってきた。

彼の手はゆっくり優しく、優希の頭の上で跳ねている。適度な刺激が心地よくて、ドキドキする。

少しムッとした顔なのに、賢人が照れているのがわかる。それを見ていると鼓動が大きくなって、胸の奥がきゅんきゅん跳ね回った。

――もしかして彼は……やきもちを焼いたのだろうか。

（わたしの思い違い？　自惚《うぬぼ》れ？）

なぜだかわからない。初めて見る賢人の切なげな眼差しに、全身が火照《ほて》るのを感じた。


その日の夜、一緒にベッドに入ると賢人が背中からくっついてきた。

彼に背中を向けた体勢で抱きしめられ、胸の下で巻きつく腕に手を添える。

「どうしたんですか、賢人さん」

「明日……」

「はい」

「優希の母親に会う日だろう？」

「そうですよ」

それは朝に確認した。「馬鹿みたいに優希を愛している旦那様に徹してやる」と言ってくれたので安心している。

「……夫婦らしく見えるように、テンション上げておかないか」

胸の下にある手がさわさわと動く。なにを求められているのか、わかってしまった。

ドキドキと心臓が脈打ちはじめる。それを感じようとするかのよう、賢人の手がパジャマの上から胸のふくらみを覆った。

「ドキドキしてる?」

「……さわられるの、入籍した日以来だから……」

「うん……本当は、毎日でもさわりたかったんだけど……」

それはどういう意味だろう。いいほうに考えようとする自分を止めるように、優希は反抗する。

「いやらしいですよ」

「そうだな」

賢人なら「夫婦なんだから」と威張って言いそうなのに、今は苦笑いだ。パジャマのボタンを外し、片手でやわらかなふくらみを握りながら、もう片方の手で優希の顔をかたむけた。

「傷、早くよくならないかなって、思って」

唇が重なってくる。彼の舌に誘われ控えめに舌を出すと、すぐに搦め捕られた。

「ハァ……ぁ、んっ」

鼻が甘えた音を出し、それを機に胸を揉みしだく手の動きが大きくなる。柔肌に指を喰いこませ、絞るように揉み動かされて腰の奥が急激に潤った。

「ぁ……フゥ、んっ……賢人、さっ……」

両腿の内側が熱い。湿り気を感じて、腰をひねって内腿をこすり合わせた。

これが汗ではないことはわかっている。そして賢人もよくわかっているのだろう。パジャマのズボン、そしてショーツの中に彼の手が入ってきた。

「あっ……！　そこ……」

ダメという言葉も出せないまま舌に吸いつかれる。ショーツに潜った手は秘裂を割り、濡れそぼった秘部を軽快にこすりあげた。

「んっ、ンッ、ぁ、ぁっ！」

「最初のときと同じだ。嬉しいくらいよく濡れる」

ショーツの中がぐちゃぐちゃとした湿り気でいっぱいになる。彼の手はそれを喜んで蜜の海を我がもの顔で泳ぎ、ときおりヒクつく膣孔《ちつこう》を指先で掻いた。

「そこっ……ムズムズすっ……あぁっ！」

「ここに欲しい？　いやらしいな、まだ処女なのに。あげたいけど、今夜はまだ駄目」

蜜口を指の腹でぐにゅっと押され、泣きたくなるようなもどかしさが駆け抜けた。身体をさわられるのはまだ二度目なのに、前回さわられたときよりも感じるのはなぜだろう。

「今シたら、優希を抱き潰してしまいそうだから……」

「賢人、さ……あぁぁっ」

密着する彼の熱が伝わってくる。背中に感じる振動は賢人の鼓動だろうか。優希と同じくらい、ドキドキしている。

困ってしまうほど愛液があふれ出している。腰が重くなるほど溜まっていく愉悦に全身がうねるが、昂《たかぶ》っているのは賢人も同じらしく、うしろから脚を絡めてさらに密着してくる。お尻のあたりに、パジャマ越しでもわかる熱い昂ぶりを感じる。硬く滾って、しかしそれを優希に向けることはしない。

(シても、いいのに)

そんなことを考える自分が恥ずかしい。

「ホントは、シたいけど、我慢する」

ちょっとおどけた口調は、強がっているようにも聞こえる。

――わかった……。前より、感じる理由……。

前回は、賢人という人がまだはっきりとわかっていなくて、快感にもおそるおそるだった。けれど、しばらく一緒にいて、彼という人がわかってきて……。彼に対する気持ちが変わ

ってきている。

こうして身体をさわられても怖くない。不安もない。――むしろ、感じさせてくれるという安心感を持っている。

「賢人さん……けんっ……」

――彼に対する、特別な感情が疼きだしているのだ……。

胸の突起をぐにぐにと揉みたてられ、蜜床を荒らされて、弾けてしまいそうな愉悦が満ちてくる。逃げるように腰が引き、彼の滾りに擦りつくとなぜか触れられていない蜜口が震える。

「ダメ……もっ、あっ！」

「すごいな……理性ぶっ飛びそうだ」

――飛んでいい。そんなもの飛ばしていい。

心の声が叫ぶ。それが口から出る前に、優希は喜悦の声をあげて達してしまった。

「あっ……ダメェエ――！」

ビクビク震える優希の身体を抱きしめて、賢人は彼女が落ち着くのを待つ。

「……我慢したぶん……覚えとけよ……」

苦笑しながら、耳朶に囁いた。

第三章　待ちわびた初夜

「優希ちゃんの結婚相手が、こんないい方で安心しました」

しみじみと呟いた加奈子は、安堵の息を吐き肩の力を抜いた。

今になって、彼女がとても緊張していたのだと気づく。待ち合わせのカフェに入ってきたときは、いつもどおりもの怖じしない様子で、賢人とも笑顔で挨拶を交わしていたから。

考えてみれば緊張しないわけはない。一度手放した娘を取り戻せるかどうかの瀬戸際だ。

入籍してしまったとあっては取り戻すのは難しい。それでも、「この男性では駄目だ」と加奈子が感じたなら、別れさせてでも優希を取り戻す覚悟だったに違いない。

気負っていたのだろう肩が落ちると、加奈子がひと回り小さくなったように見えた。

緊張していたのは優希も同じ。そして、同じようにホッとして肩が落ちた。

「お義母《かあ》さんにそう言ってもらえて、私も嬉しいです」

おだやかな口調、スッと伸びた背筋、テーブルの上で軽く組まれた手の左薬指には優希とおそろいの結婚指輪。

スマートにスーツを着こなしている賢人は、とても上品な紳士で、医師というよりは大企業の御曹司みたいだ。

実際、優希は本物の〝大企業の御曹司〟というものを見たことはない。ドラマや漫画から得たイメージだけである。

金曜日の昼下がり、ビジネスホテルの一階にある、シンプルだが緑が多いカフェで、賢人を加奈子に紹介した。

会う場所は加奈子が指定してきたのだが、緑以外飾り気のない場所なせいか賢人のイケメンっぷりが際立って見える。

顔を合わせてすぐ、賢人はにこやかに挨拶をし、自分の人となりや優希と結婚してどんなに毎日が充実しているかを爽やかに語ったのだ。

隣で聞いている優希が照れそうになるほどのいい夫ぶりである。

漂う誠実さは、患者と真摯《しんし》に向き合っているときの彼そのまま。納得いかなければ娘を奪い返す気でいた加奈子の気力も、すっかり吸い取られてしまったよう。

「優希ちゃんの結婚相手がお医者様だったなんて……。ちっとも話してくれないんだもの」

テーブルを挟んで向かい側に座る加奈子は、少し不満げに優希を見る。

「あーうん、お医者さんと結婚だなんて、びっくりされちゃうなと思って……。言えませんでした、ごめんなさい」

場をなごやかに保つためにも、素直に謝っておく。とはいえ、加奈子が店に来ていたところはまさかこんなことになるとは思っていなかったのだから、相手に関して言及できるわけがない。

「そうね、そのかわり今日びっくりしたし、優希ちゃんに悪いことを言ってしまったって、後悔したわ」

「悪いこと？」

「会う時間も作れないのかって……、お医者様なら、そう簡単に都合をつけられるものでもないでしょうに。ごめんなさいね」

「いいえ、そんな、そう思うのは当然だし……」

慌てて否定する。相手なんかいないのに結婚すると嘘をついて、その上相手は忙しくて会う時間が作れないとごまかした。

そんなに申し訳なさそうにされては、自責の念で優希の胸がチクチクする。

「優希ちゃんに、お相手はなかなか時間が作れない、って聞いたとき、……亡くなったあの人のことを思いだして……つい、ね……」

奥歯にものが挟まったような言い方というか、ハキハキと言葉を出す加奈子には珍しい。

「あの人……」

口に出してしまってから悟る。――亡くなった父のことだ。

「元夫……、優希ちゃんの父親は、仕事一辺倒な人でした。あの人とはお見合いで結婚しましたが、最初は仕事に真面目で誠実な人だと感じていたんです。ですが……真面目の度が過ぎていた……」

加奈子は賢人に向けて話しはじめた。自分がなぜ、優希の結婚相手に不信感を持ってしまったのか説明したかったのだろう。

「仕事がなにより一番の人でした。役所勤めで、休日でも職場に行く。仕事ができて責任感があると評価されて出世はしますが、そうするとより仕事にのめりこむだけでした。家族のことにも、優希ちゃんの学校行事にも興味がない、『仕事が忙しい』『時間が作れない』が口癖みたいな人でした」

話を聞きながら、優希はぼんやりと思いだす。確かに父は優希が幼いころから仕事ばかりの人だった。仕方なく仕事をしているのではない。心底仕事が好きだった。

趣味にのめりこむように、仕事にのめりこんでいる。

けれど、それだけだ。仕事ができていれば満足で、家族に暴力をふるうわけではないし、基本的におだやかで無害だった。

加奈子の言いかたでは家族に無関心で子どもと話もしないようにとれるが、学校行事に興味がないだけで優希とは普通に話をしていたし、勉強を教えてもらったこともある。

「ですから、優希ちゃんのお相手が『仕事が忙しくて』と言っていると聞いたとき、父親のような人を選んでしまったのではないかと心配してしまって……。優希ちゃんにも賢人さんにも失礼でした。本当にごめんなさい」

「お義母さんが謝る必要はありませんよ。お会いしたことがなかったのですから、仕方のないことです。それに、優希さんはまだ二十一歳だ。結婚を急ぐより海外に連れていって勉強をさせたいというお義母さんのお気持ちは、私もわかります」

「まあ……」

――これは、加奈子に大ヒットした。

賢人には、加奈子が優希を連れていきたい理由を事前に教えてある。加奈子は翻訳の仕事をしていて、学歴にこだわりたいタイプだ。

小学生になったばかりのころから、中学受験の話をされていたのを覚えている。両親が離婚するまで、中学校は試験を受けて入るものなのだと思いこんでいた。

父は違った。むしろ、好きなようにやりなさいというタイプ。中学校だって、仲のいい友だちと一緒に区立の学校へ行きたいと言ったら「優希がそうしたいのなら」と言ってくれた。バイトが楽しいと知っていたからか、大学へ行かずそのまま店に就職をすると決めたときも反対はされなかった。

加奈子は学歴があったほうがいい仕事に繋がり人生が豊かになるという考えで、父は学歴なんて関係なく自分がやりたい仕事をしていたほうが人生が豊かになるという考えだ。

加奈子は広い視野をもって前に進もうとする人で、父は自分の視界に入るものを大切にする保守的な人。

ふたりの性格も考えかたも、まったく合わなかった。

「賢人さん、もしもこの先、優希ちゃんが自分のスキルを上げるためになにかをはじめたい、たとえば大学に入って学び直したいと言ったら、応援してあげてくれますか？」

「もちろんですよ。応援するし、サポートします」

賢人の力強い言葉を聞いて、加奈子は感嘆の息を洩《も》らす。

──百点満点。

加奈子はすっかり賢人のペースにはまっている。医師という立場で信頼を獲得し、あとはとんとん拍子だ。

好印象すぎて、加奈子も諦めをつけたのかもしれない。でも、肩を上下させながら息を吐き、──最後の、希望をかける。

「こんなにものわかりのいい旦那さんなら、もしかして、優希ちゃんを海外に連れていって広い世界を見せたい、って言ったら許してもらえそうな気がしてきたわ」

もしかしたら……。そんな気持ちを起こさせてしまうほど、賢人は加奈子の信頼を勝ち取った。これだけ話がわかるのなら、説得できるのではないかと感じたのだろう。

しかし、賢人は〝完璧な夫〟だった。

「それだけは、無理です」

優希の肩を抱き寄せ、切なげに微笑む。

「優希さんがいない日常なんて、私にはもう考えられない」

——完全勝利。

演技だとわかっているのに頬があたたかくなってしまう。肩を抱かれたくらいで照れていては駄目だ。本当に夫婦なのかと疑われるかもしれない。

しかし加奈子は、微笑ましげに見ているだけ。

「優希ちゃんが、幸せでよかった……」

感慨深げに呟く加奈子の気持ちに触れて、なぜかチクッと胸が痛んだ。


加奈子を迎えにきたのは、長男だった。

優希が結婚したことを聞かされているからか、またはその相手が一緒だからか、今回は睨まれることはなかった。

それどころかぺこりと頭を下げていったのだ。別れた旦那の娘が家族になる可能性もなくなったし、加奈子も諦めがついた様子だったので安心したのだろう。

この先、二度と会うこともない可能性のほうが高い人物だが、憎まれたままでは後味が悪い。後腐れなく解決ができてよかった。

「賢人さん、ありがとうございました」

先に車に乗っていてと言われ、助手席に座って待っていた優希は、賢人が戻ってきて運転席に乗りこむと一番にお礼を口にした。

「賢人さんの旦那さんっぷり、すごくサマになってました。なんというか、わたしが照れちゃうくらい。でも、そのおかげで納得してもらえたし、……母も、賢人さんなら、って……、安心してくれたと思います」

なんとなく歯切れが悪い。すっきりと解決したはずなのに、最後の最後に罪悪感をひと撫でされた気持ちが拭えない。

――優希ちゃんが、幸せでよかった……。

優希が加奈子に見せたのは、作りものの幸せな姿だ。いい人と結婚して幸せだと思わせるためのもの。

あんなしみじみとした顔をされてしまったからか、安心して諦めてもらうためとはいえ、母を騙《だま》していることに胸が痛んだ。

「ほら」

頬にヒヤッと冷たい感触。賢人がボトル缶のアイスココアを持って微笑んでいる。

「カフェで頼んだ紅茶、ほとんど飲んでいなかったし。喉が渇いただろう?」

缶のふたを開け優希に手渡す。

「これ、どうしたんですか？」

「駐車場前の自販機にあったから買ってきた」

先に乗っていてと言ったのはアイスココアを買うためだったようだ。自分のぶんも買ったらしく、ふたを開けてごくごくと喉を鳴らした。

何気なくその様子を見ていたのだが、缶がどんどん上向きになっていく。と、賢人は大きく息を吐きながら缶を離した。

「美味いな～、最高っ」

「……もしかして、一気飲みしました？」

「した。緊張して喉が渇いていたし」

「緊張……」

そんなふうには見えなかった。むしろ余裕しか感じなかったのに。

「なんだ？　鳩が豆鉄砲喰らったような顔して。緊張なんかしてないと思ったか？」

「鳩に豆鉄砲撃っちゃいけません。……賢人さんから緊張なんて感じなかったです。母には上手く話を合わせるし、余裕綽々《しゃくしゃく》で肩なんか抱くし」

「惚れ直しただろう？」

「……なんで惚れてること前提なんですか」

クスリと笑った賢人が優希を見つめる。その眼差しが照れくさくて、缶に口をつけるついでに目をそらした。

「緊張した。当然だろう。お義母さんが納得できる男だと示さないと優希を取られてしまうんだから」

つまりは夫になりきってくれたということだ。妻を失わないように緊張するまでなりきってくれるなんて、期待以上だ。

「お義母さんは若いころから翻訳の仕事をしていて行動的な人だって聞いたから、おそらく優希にも同じような経験をさせたがっているんじゃないかと感じたんだ。大学に行かせたいと言っているとも聞いていたし。だから、それに合わせた。正解だったな」

「……母が十一年ぶりに私の前に現れたとき、『私が一緒にいなかったから、優希ちゃんはちゃんと進路も決められなかったんでしょう。あの人は女が活躍するのをいやがるから、大学にもいかせてもらえなかったのね』って言われました。進路は自分で納得して決めたし、後悔したことなんてありません。好きにさせてくれた父には感謝しています。でも、母はそう考えないいんです。……父と母は、本当に考えかたも性格も違いすぎた」

こんな話をしてもいいのだろうか。一瞬の戸惑いの間を持たせるように、アイスココアを喉に流しこむ。口腔内に残る甘さに癒やされ、優希の言葉を待っている賢人の眼差しに甘え、口が動いた。

「……幼いころ、母をかわいそうだと思っていました。母は行動的で仕事も家庭のこともしっかりやる人でしたけど、父はそれに対して褒めたり応援したり意見したり口出しする人ではなかったので、母はずいぶん物足りない毎日だったんじゃないかと思います。母は、話し合いができて議論ができて共通の話題があって、笑い合ったり怒り合ったり、褒め合ったり応援し合ったりできる、そんな人と結婚したほうがよかった」

「だから、離婚した」

「性格の不一致、っていうやつなんだろうなと思います。真逆でしたから。母は、離婚して半年後に再婚しました。今の旦那さんです。大きな企業の研究部門でかなり偉い方みたいです。きっと、母とも話が合うんでしょうね。幸せになってくれてなによりです」

「その幸せのなかに、優希を入れたかったんだろうな」

「いまさらです。父が亡くなったのを聞いて、罪悪感を払拭したかったのもあるんでしょう。……幼い娘を置いていった罪滅ぼし。あの人がわざわざ店にまで来て話していくたび、それを感じましたから……！」

いやな苛立ちが募って、わずかに声が大きくなる。賢人がアイスココアの缶をドリンクホルダーに置くように指で示すので、そのとおりにすると腕を引かれて抱きしめられた。

「それじゃあ、優希はいいことをした」

「いいこと……？」

「いくら嫌悪して別れた旦那との娘だったとしても、その子を置いてきてしまった。そのことに十一年間罪悪感を抱き続けたお義母さんの気持ちを、救ってあげたんだ」

「救ったなんて……」

優希が幸せでよかったと言ったときの加奈子の顔を思いだす。ホッとして嬉しそうに……でもどこか切なそうで……。

「でもわたしは、諦めてもらうために賢人さんと……」

「嘘も方便っていうだろう。結局は誰かのためになった。お義母さんを迎えにきた息子さんだって、ホッとした顔をしていたし。今の旦那さんだって、お義母さんの罪悪感を知っているからこそ、やりたいようにさせてあげていたのかもしれない」

そうだろうかと少し拗《す》ねた気持ちは動くが、確かに長男は安心していたし、妻の気持ちが軽くなったとなれば富田氏も喜ぶだろう。

「だから、優希は『お母さんを騙した』なんて自分を責めなくてもいいんだ。大丈夫。優希は正しいことをした」

頭をポンポンッと叩かれ、不意に涙が浮かびそうになる。

大丈夫だと言ってもらえたのがとても嬉しい。これは正しいことだったのだと肯定してもらえて、胸の奥でぐずぐずしていたわだかまりが晴れていく。

優希は賢人の背中に腕を回し、ギュッとスーツを握った。

「ありがとうございます。そう言ってもらえると、すごく元気が出ます。賢人さんが結婚相手でよかった」

言ってから、ふと考え直す。これでは本当に結婚しているみたいだ。結婚はしているが、期間限定である。

「え……と、ちょっと違いますね。……結婚相手を引き受けてくれてよかった……のほうがいいのかな」

最初に図々しい表現をしてしまって、賢人はいやな顔をしていないだろうか。そろっと彼に視線を動かすと、チラ見もできないくらい強く胸に抱きこまれた。

「け、賢人さんっ、駄目っ、ファンデついちゃいますっ……」

こんなに強く押しつけられては、彼の高級なスーツにファンデーションがついてしまう。慌てて顔だけ離そうとするのに、後頭部に置かれた賢人の手に力が入り、さらに密着してしまった。

（あああっ、シミになったらどうしよぉ～、帰ったらすぐクリーニングに出さなきゃ）

「妻のファンデが服についてなにが悪い。イチャイチャした証拠だ、微笑ましいだろう」

「いっ、イチャイチャってっ」

なんて照れくさい言葉を使ってくれるのだろう。汚れるから離そうとしていた顔を逆に押しつけられ、優希はおおいに照れる。

「新婚なんだからイチャイチャは普通だ。なんなら俺の親との食事会のときにファンデがついたスーツを着て行けば、仲よしアピールになるかもしれない」

突飛な発想を笑ってしまいたいところだが、改めて目的はまだ終わっていないのだと意識した。

優希の母を納得させるという、課題のひとつが達成されたにすぎない。まだ賢人の祖父に会って安心してもらうこと、という目的が残っている。

そしてそれに付随して賢人の両親にも会わなくてはならないのだ。

「わたしも、賢人さんを見習って、お祖父さんやご両親にお会いするときは上手くやれるように頑張りますね」

「期待してる。まあ、優希が緊張して使いものにならなくても、俺が上手くやるから大丈夫だ」

「緊張はしますけど、大丈夫ですよ。今度はわたしが、馬鹿みたいに賢人さんを大好きな妻、に徹します」

「そうか……」

賢人が上手くやってくれたぶん、優希だって張りきらなくては。すると、顎に手がかかり顔を上げられる。目と鼻の先に賢人の顔が迫り、唇が重なってきた。

「ンッ……」

深く吸いつかれて鼻が鳴る。顔の向きを変える際には媚びるように甘く熱い吐息が漏れた。

「賢、人さ……ぁっ」

「優希……」

心なしか、賢人からも昂っている様子を感じる。服の上から背中や腰をまさぐられ、ぞくぞくっとしたあとに肌が火照っていった。

彼に合わせて舌を動かすと、手が身体をまさぐる範囲を広げる。お尻からじっくりと太腿を撫で、スカートが上がっていくのを感じて彼の手を押さえる。

「賢人さん……あの……」

「駄目か？」

尋ねる囁き声が甘い。お互い「駄目」なんて言える状態じゃないのはわかっている。昨夜、夫婦らしくする行為があったせいか、その感覚が舞い戻ってきているかのように敏感だ。

「でも、ここじゃ……これ以上は……」

「そうだな」

車の中はふたりきりだが、有料駐車場内だ。満車だし近くに人の気配は感じないが、やはりこれ以上ははばかられる。

脚の付け根近くまでまくり上がっていた優希のスカートを直し、賢人が耳元で提案する。

「今夜は、どこかで食事をしてから……部屋を取ろうか」

ドキッと鼓動が高鳴った。外食はさておき、マンションには帰らず部屋を取る、というのは……。

「それは……賢人さんが言った『覚えておけよ』っていうことですか……？」

顔を伏せ、小声で聞いてみる。髪をゆっくりと撫でられ、ひたいにキスをされた。

「そうだ」

ドキドキする。この鼓動を聞かれているのではないかと思うと恥ずかしくて仕方がない。

「はい……」

そう答えるのが精いっぱい。よけいな言葉を出したら声が震えてしまいそうだ。

そろりと視線を上げると、微笑む賢人と目が合う。またもやお互いの唇が近づきそうになったとき、賢人のスマホが着信音をたてた。

スマホを取り出した賢人の顔色が変わる。

「……病院からだ」

少しだけ、胸騒ぎがした。

賢人がマンションに帰ってきたのは、四日後の火曜日、午後のことだった——。

雑居ビルで火災が発生し、混乱のなか多くの怪我人が出た。その対応のために病院から呼び出しがかかったのだ。

あの日、優希を帰宅させるためにタクシーに乗せ、賢人は病院へ向かった。かなり大きな火災で病院に運びこまれた怪我人も多かったようで、帰宅できないまま今日に至る。

病院に泊まりこんでいた賢人からやっと帰宅の連絡がきて、優希はそわそわしながら待っていたのである。

「おかえりなさい、賢人さん。お疲れ様でした、大変でした……ね……」

帰宅した賢人を玄関まで出迎えた優希のねぎらいの言葉は、途中で止まる。靴も脱がないまま、賢人が優希の肩に寄りかかってきたからだ。

「賢人さん……」

「ただいま……」

体重を乗せられているわけではないので重くはない。しかし仕事から帰った賢人がこんなことをするのは初めてだ。

「帰ってきて……誰かが声をかけてくれるのって、いいな……」

声が重い。かなり疲弊しているだろうことがわかった。

「賢人さん、お風呂、用意できてますよ」

帰宅の連絡がきたとき、「ゆっくり風呂に入りたい」と言われたので用意しておいた。疲労改善を謳《うた》った入浴剤も入れて完璧だ。

「ゆっくり入ってきてください。アイスココアの準備しておきますから」

「……一緒に入ろう」

言葉も止まったが思考も止まった。なにを言われたのか、一瞬わからなかったからだ。

（え？　一緒……）

反応できないままでいると、賢人が肩から頭を上げて靴を脱ぐ。

「そんなに考えるな。俺のほうが困る」

「あ……」

「三十分たっても出てこなかったら覗きにきてくれ。湯船に沈んでいる可能性がある」

「ヘンなこと言わないでくださいよっ」

不穏すぎる。思わず声が大きくなると、賢人がアハハと笑いながらバスルームのドアを開けた。

「アイスココア楽しみにしてる。大盛りで頼む」

「ジョッキで用意しておきます」

「さらに楽しみだ」

期待に応えるべく、さっそくキッチンへ向かう。ココアの粉末と牛乳を確認して、ジョッキを用意しているあいだも賢人の言葉がぐるぐる頭を回る。

――一緒に入ろう。

からかっただけだろう。あんなことを言ったら優希が真っ赤になって慌てるのがわかっていて、意地悪をしただけだ。

だが、あんなに疲労困憊《ひろうこんぱい》しているときに、からかって楽しもうなんて考えが浮かぶものだろうか。

それとも、疲れているから背中でも流してくれ、という意味で言ったのだろうか。

一瞬意味がわからなくて無言になってしまったが、先に賢人が動いてくれてよかった。もし優希の言葉を待たれたら「『覚えておけよ』の……続きなんですか」なんて聞いてしまうところだった。

(クタクタに疲れてるのに、そんなことする気力なんか起こるわけがないか)

改めて自分の思考が恥ずかしい。

夫婦というものになってから、いやらしいことを考えてしまう回数が日に日に増えているような気がする。

それらしくするために一緒に住んでいるし、一応妻っぽく家事もしている。キスや軽いボディタッチは日常だし、濃い接触も二度ほどあった。

賢人は「入籍したんだから新婚だ」と言った人で、最初から夫婦生活というものも有りだと考えていた。

優希はといえば単に目的のために婚姻関係を結んだだけ、と考えていて、賢人の大人の考えに引きずられているような感じだったのに……。

だんだんと、彼がソノ気になるのを待ち構えているような気がしてきた。

（どうしよう、わたし、本当にいやらしくなってない？）

「優希」

「ひゃ、いっ！」

いきなり声をかけられて、心臓が痛いほど驚いた。これが俗に言う、口から心臓が飛び出しそうという気分だろうか。

だからといって、素っ頓狂《とんきょう》な返事すぎる。これはないだろう。

「そんなに驚くな。こっちが驚く」

「すみません……」

賢人も同じ感想らしい。いやらしいことを考えていたときに声をかけられたのでよけいに驚いたのだが、まさかそれを言うわけにもいかない。

引き攣《つ》る口元を微笑ませて彼を見やり、速攻で顔をそらした。

「賢人さんっ、服、服っ、着てくださいっ」

彼は服を着ていない。入浴を終えてそのままキッチンに入ってきたようだ。

「タオルを巻いているだろう」

「それ、服じゃないですっ」

「肝心な場所が見えなければいいだろう。それとも、タオルもないほうがよかったか」

「なっ、なんてことをっ」

バスタオルを腰に巻いただけ。満足に髪も拭かないで出てきたのか雫《しずく》が顔に垂れている。

お風呂上がりの彼を見たことがないわけではないにしろ、いつもはパジャマを着ていて、腰にタオル一枚の姿は初めてだ。

（まさか……やっぱり一緒に入ろうって呼びにきたとか⁉）

「ココアが楽しみすぎて、急いで済ませてきた。できてるかなと思って覗きにきたんだ」

「ここあ……」

優希の不埒《ふらち》な考えは、いとも簡単に退散する。勘違いが恥ずかしくて、一気にカアッと顔が熱くなった。

「旦那の半裸でそんなに赤くなるな」

「み、見たの、初めてなのでっ」

ムキになって顔をそらし、アイスココア作りに取りかかる。

「すぐできますからっ。着替えてくださいっ」

「はいはい」

クスクス笑いながら、賢人はキッチンから出ていく。彼の足音が小さくなったのを確認して、優希は両手で頬を押さえて大きく息を吐き出した。

「……なに考えてるんだろ……わたし」

自分のアイスココアも作ろうとグラスを出す。氷を頭からかぶりたいほど恥ずかしい。

片手に中ジョッキ、反対の手には普通のビアグラス。そんなちぐはぐなグラスのアイスココアを両手にリビングへ戻ると、賢人がパジャマ姿でソファに座り待ち構えていた。

「本当にジョッキで作るとは思わなかった。それも中ジョッキ」

「大盛りで、って言ったのは賢人さんですよ」

アハハと笑って賢人に渡す。自分のグラスを持って静かに彼の隣に腰を下ろした。

「飲みごたえありそうだな」

「作りごたえもありました。賢人さん、お疲れ様です」

「ありがとう、優希」

お礼を言う口調があまりにも優しくてドキリとする。まるで乾杯でもするかのように優希のグラスに軽く中ジョッキをぶつけ、賢人はごくごく喉を鳴らして飲んでいく。

……のは、いいが、ずっと飲んでいる。

ジョッキはどんどんかたむき、賢人の喉の動きは止まらない。

（え？　まさか……）

もしやの予感は大当たり。中ジョッキのアイスココアを一気飲みしてしまった。

「美味いなー、優希が作ったココアは最高だっ」

「ちょっ！　そんな飲みかたしたら危険ですよ！」

「酒じゃないし。ココアだし」

「そ、それはそうですけど……。もぉっ、どれだけ喉が渇いてたんですかっ」

「それほどでもなかったけど、病院にいたときにずっと『帰ったら優希にココアを作ってもらう』って思い続けていたから、そのせいかな」

　これはズルい。

　こんなことを言われたら、ドキドキして堪らない。

「……賢人さん、もうパジャマ着ちゃったんですか？　もしかしてもう眠いんですか～？」

　からかいつつ自分のグラスに口をつける。……が、彼は四日間も帰ってこられないくらい病院に詰めていたのだ。大変だったぶん疲れているだろうし、睡眠だって十分にはとれていないのかもしれない。

「ああ、少し寝るよ。明日の朝まで寝てしまうかもしれないけれど、起こさなくていいから」

　やはりそうだ。からかってしまった申し訳なさに恐縮する。

「あ……じゃあ、お夕飯は……」

「今たんまり腹に入ったから大丈夫」

　しかし、ココアである。

「水分ですよっ。それなら、おにぎりかサンドイッチでも作っておきますから、もし夜中に目が覚めたら食べてくださいね」

少しでも報いようと必死になる。すると、頭を抱き寄せられ唇にチュッとキスをされた。

「サンキュー、優希は優しいな」

「な、なんってですかっ、いつもは言わないようなこと……」

「そうだっけ？」

「そうですよ」

「そうか、言ってなかったか」

笑いながら賢人が離れる。触れた唇が熱くて、優希は冷たいグラスに口をつけた。

「賢人さん、明日、お仕事は？」

大変な連勤あとなのだから、休みだろうと思ったのだ。それなら朝は起こさず寝かせておいてあげようと考えた。

「普通どおりに行く。ただ、午前の診療で終わり。明後日は休みだ」

「そうですか。疲れてるのに……。明後日じゃなくて、明日がお休みならよかったですね」

「明日なんだが、……こっちの両親と食事をすることになった」

「え？」

グラスから顔を上げる。それは初耳だ。

　賢人も気まずさがあるのか、言葉に戸惑いが混じる。

「いきなりで、すまない。昼に連絡がきた。明日を逃したら今度はいつ両親がそろった状態で会えるかわからないし、祖父の療養所からはまだ許可が下りないし。優希の怪我も普通の生活には影響がないレベルになったから、今のうちがいいかと思ってOKしてしまった」

「そんな、謝らないでください。どちらにしろご挨拶はしておかなくちゃならなかったし、ご両親の都合がついたなら、よかったです」

「明日、お茶でも飲みながら話をしようということになった。……食事をしながらゆっくり会うものだと思っていたが、いきなり『とりあえずお茶でも』に変わった。どうも納得いかないが、祖父さんの件もあるから顔を合わせるだけでも早いほうがいいだろう」

「なにか問題があるんですか？　賢人さんが言うとおり、お祖父さまのことがあるから、早めにご両親に会っておくのはいいことだと思いますよ？」

　賢人は少々渋い顔だ。その意味がわからずにいると、ふっと笑って優希の頭をポンポンッと叩いた。

「いや、大丈夫。なんでもない。明日は病院を出る前に連絡するから、出かける用意をして待っていてくれ」

「わかりました。気合を入れて待ってます。あ……服装は……やっぱりワンピースとかがいいですよね。キチンと系の……」

初めて義両親と会うのだ。カジュアルはNGではないだろうか。

賢人だって、加奈子と会うときにはビシッと決めてきてくれた。今度は優希がビシッと決める番だ。

「そうだな、そんなに張りきらなくてもいいが、清楚《せいそ》なお嬢さんふうでいいと思う」

「わかりました、がんばりますっ」

グラスに気をつけながらガッツポーズをしてみせる。賢人が笑いながら立ち上がった。

「期待してる。じゃあ、ひと眠りしてくるから」

「はい、おやすみなさい。ジョッキはわたしが片づけますよ。置いていってください」

早くベッドに入らせてあげたかったので、ひと声かける。彼のことだから、ジョッキをキッチンに下げたら洗うところまでやってしまいそうだ。

歩きかけた足をこちらに向けたので、ジョッキを受け取ろうと手を伸ばす。と、その手を摑んで引き寄せられた。

——唇同士が触れる。そのまま、吐息が囁いた。

「おやすみ……優希」

ちゃっかり渡されたジョッキを両手でかかえ、ベッドルームへ向かう賢人を見送る。

キスをされて意表をつかれてしまった自分がなんだか悔しくて、震える声でひと言もの申す。

「け、けけ、けんとさんっ、ココア、いっぱい飲んだんだから、歯磨きして寝てねっ」

いきなり歯磨き指示がくるとは思わなかったのだろう。「わかった、わかった」と楽しげに笑いながら歩いていく。

賢人の姿が見えなくなると、ガクンッと腰の力が抜けた。

ソファの前にへたり込む。胸に抱いたジョッキに、大きくなった鼓動が激突していた。

＊＊＊＊＊

――――勘弁してくれ……。

自分らしくなく高鳴る鼓動をどうにもできないまま、賢人はベッドルームのドアを閉め、そのままもたれて片手で顔を押さえた。

――――はい、おやすみなさい。

かわいい声で放たれる、優希の「おやすみなさい」の波動砲。

そこから感じる「後片づけなんかわたしがやりますから、早くベッドに入って寝てください、疲れてるんだから！」という気遣い。

それが伝わってきた瞬間、彼女を引き寄せてキスしてしまった。

（いい子すぎる……我慢なんかできるか……）

我慢なんかできるか、というより、我慢できなくなってきている自分をひしひしと感じている。

やたらと優希に構いたい気持ちに気づいたとき、自分はいったいどうしてしまったのだろうと不安に襲われた。

不安。いや、あれは恐怖だ。

いつもの自分ではないことをやってしまう。話題を考えて話しかけたり、一緒にやれることを探したり、彼女がこちらを見てくれるきっかけを作ったり。

女に対してそんなことをしたことはない。しようとも思わない。

――なのに、優希に対しては違った。

話しかけるのは、声が聞きたいから。自分を意識してほしいから。話をしているうちにコロコロ変わる表情を見たいから。笑いかけてほしいから。

未経験の感情は、不可解なほどに心地いい。

――俺は病気か⁉　病気なのか⁉　女がそばにいて安らぐとか、あるわけがない‼

抵抗はした。今までどおりの自分を維持するために。マグマのように湧き上がる熱い感情の変化に、風呂で冷水をかぶって頭を冷やした。が……。

優希を見ていると、感情が馬鹿になる。

——なんだ？　なにを照れている。待て、そんな顔をするな。やめろ！　……かわい。……どうしてこの俺が、女を〝かわいい〟とか思わなくちゃならないんだ！

かわいいなんて感情、女に対して持ったことなどない。持つ価値もないと思っていたから。

そして、優希が作る料理が好みすぎたのも、さらに賢人に異常をもたらす。

——この味噌汁……一生飲んでいたい……。

そう思うようになってからは、この不可解な感情に身を任せるようになっていた。

通院は二日おき。なぜかといえば、優希が会いにくると嬉しいから。

賢人に会いにきているのではない。それでも、主治医なのだから「会いにきている」と言っても過言ではない。ただし、優希に対してのみ、である。

彼女が診察室に入ってくる前は、白衣とネクタイと髪を軽く整える。さりげなくやっていたつもりだが、看護師は気づいているのかもしれない。なんとなくニヤついている。

なぜそんなことをするのかといえば、多分、カッコ悪い自分を見せたくないからだ。「診察中のカッコいい御園先生」を、優希に見てほしいから。

——カッコいいところを見せたいとか、小中学生か俺は！　意識してカッコつけるとか、よけいカッコ悪くないか⁉　でも優希に「わたしの旦那さんカッコいい」と思ってもらいたい‼

くる。不可解な感情は、だんだんと不可解ではなくなってくる。賢人を昂らせるものに変わってくる。

――なんだこれ、俺の奥さん、かわいすぎないか、おい⁉

最近では、自分が女嫌いであることを自負していたことを忘れそうだ。

――優希は、俺が知っている〝女〟とは別の世界の生き物なんだ！　だからこんなにかわいいんだ！　そうだ、そうに違いない！　だから、俺が妻をかわいいかわいい、信じられないくらいかわいいと思っても、それは間違いじゃないんだ‼

自分を納得させるため、言い訳をする日々。

優希の母親に会った日。今日こそは夫婦としての本懐を遂げようと彼女を誘った。いい雰囲気だったというのに、病院から呼び出しがかかってしまったわけだが……。

帰れないあいだ、ふとした瞬間に優希が頭をよぎった。

早く会いたくて、――彼女に触れたくて、堪らなかった……。

（風呂……一緒に入ろうかなんて、つい願望が口から出てしまったが……。疲れから出たたわごとだと思ったみたいだな……）

ハアッと息を吐いてベッドに向かう。綺麗に整えられた寝具に潜りこみ、いつもは優希が身を横たえている左側へ身を寄せる。

四日前の夜、テンションを上げるためなんて都合のいいことを言って彼女の身体に触れた記憶があふれそうになり、眠れなくなりそうな危機感に襲われた。

（思えばアレで、我慢も限界だと感じたんだ）

女に興味はない。親が勝手に選別する婚約者候補たちには子どものころから辟易していたから。

自己主張が激しくて、すぐに誰かと自分を比べて、自分がどれだけ優れているかをこれ見よがしにアピールする。

こちらの都合などお構いなしにつきまとい、だんだんと色気を振りまいて、女の武器を使いだす。

興味はないというより、そういう性質を持つ女が嫌いだった。

しかし〝嫌い〟をとおしていたのでは世の中上手く立ち回ってはいけない。

学校の女子生徒、無害な大人、患者の女性、看護師。女としてカウントするのではなく、存在として分けることで〝嫌い〟という枠を外す。

そんな認識でここまできたので、女性に恋愛感情など持ったことはなかった。

なかった……のに……。

――優希に関わってからの自分が、明らかにおかしくなっていて戸惑ってばかりだ。

不意打ちの笑顔、予期しない優しさや気遣い。考えたこともなかった感情を見せられて、どんどん彼女にのめりこんだ。

最大に心が揺れたのは、優希が恥ずかしがる顔だった。

こんなことで赤くなるな。そう思いつつもそれが、とんでもなく胸に突き刺さって……。

思えば、優希と結婚しようと決めたときから自分の行動はおかしかったのだ。

入籍の前日から、入籍する当日の女性の気持ちや入籍日にするべき行動などをネットで調べた。

【婚姻届は一緒に出しにいく】

【用紙は特殊なもののほうが特別感がある】

【入籍記念日は大切に。挙式より先ならケーキとシャンパンでお祝いを】

【入籍日の夜は、実質新婚初夜】

【女性はロマンチックな気分になるから一緒に楽しんで】

入籍するだけなのに、結構いろいろあるものなんだなと感じつつ実行した。

しかしそれも、病院で優希と話しているうちに義務ではなく、しなくてはいけないことなのだと気持ちが変わってくる。

入籍日を特別なものにして、優希に喜んでもらいたい、笑ってもらいたい、そう思ったからだ。

彼女が心の裡に響く顔をするたびに、言葉を口にするたびに、仕草を見せるたびに、口元がニヤつきそうになってしまい口を押さえて顔をそらした。

おかしく思われたかもしれないが仕方がない。

だらしなくニヤついた顔なんて、かっこ悪くて見せられない。

誰かの前で、特に女性の前で、かっこ悪い姿を見せたくないなんて思ったのは初めてだ。

一ヶ月間だけの結婚。お互いの希望であり、納得してのこと。

けれどふたりの生活は上手くいっている。優希と一緒に生活することも、夫婦として一緒にいることも、賢人は自然だと感じている。

むしろ、優希が待つマンションに帰るのが楽しみで、日々の仕事が捗《はかど》るくらいだ。

「うぅ～～～～」

うめいて両手で顔を押さえる。

往生際が悪い。じれったさにうめき声しか出ない。

わかっているのだ。この感情がなんなのか。

ただ、賢人にとっては生まれて初めての感情で、これをどう扱ったらいいものか躊躇するあまり確定をためらってしまっている。

「……なにやってんだ俺は……」

情けなさに、思わずうつぶせになり顔を枕に押しつける。かすかに優希の香りがして瞬時に体温が上がった。

「……優希」

これはもう、観念するしかない。

わかっている。自分自身、わかっていた。

賢人は、優希に惹《ひ》かれている。

——生まれて初めて、女性というものに好意を持って戸惑っているのだ。

＊＊＊＊＊

翌日、午後に帰ってきた賢人と一緒に向かったのは、高級ホテルの一階にあるカフェだった。

マンションを出るときはほどほどだった緊張が、ホテルに到着したときにはマックスに到達していた。

先週は賢人が夫として決めてくれたぶん、今度は優希の番だ。失敗は許されない。完璧な〝妻〟に徹しなければ。

服装や髪型にこんなに悩んで時間をかけたことはない。張りきって身だしなみを整え、自分基準ではかなりいいと思う。

艶のあるサラサラヘアはハーフアップに、自然に見せるための時間がかかったナチュラルメイク、清楚系がいいと聞いたので薄手の紺色ワンピースを選んだ。

それでも、本当に清楚系で正解だったのかはわからない。もしかしたら、優希が会った婚約者候補のお嬢様たちのように、目鼻立ちのハッキリした美人系に似合う服のほうがいいのかもしれない。

「優希」

助手席のドアが開き、賢人が手を差し出してくれる。こんなことされなくたって車の乗り降りくらい自分でできるとは思うけれど、身支度を頑張ったぶん、なんとなく特別な気分になって彼の手に摑まった。

手を引かれると驚くくらいスムーズに身体が動く。車を降りて、手を取られたままホテルのエントランスへと足を踏み入れた。

(すご……、お姫様みたい……)

映画のワンシーンのようだ。これがエスコートというものなのだろう。サラッとできてしまう賢人は、さながら王子様だ。

「ワンピース、とても似合っている。メイクも頑張ったな。すごくかわいい」

爽やかな微笑みで繰り出される褒め言葉。これは王子様決定である。

「午前中に、アパートに取りにいったんです。一回も着たことなかったんですけど、いい機会だからと思って」

「そうか。俺が清楚な感じがいいと言ったから、わざわざ取りにいったのか。忙しい思いをさせたな。清楚でかわいいワンピースだ。どうして着用したことがなかったんだ？」

「もったいなくて……」

「もったいない？」

素直に言ってしまってから、わずかに戸惑う。着るのがもったいなかったなんて、賢人のような育ちの人にはわからない気持ちではないだろうか。

「高校を卒業してすぐ……父が買ってくれたんです。社会人になったら、つきあいで出かけることもあるだろうし、ちゃんとしたワンピースも一着くらい持っておいたほうがいいからって。夏物だけど、羽織物があれば春と秋は使えるし」

「そうか、さすがお義父さんは優希に似合うものがわかっているな。とてもよく似合う」

「わたしが好きなデザインで、すごく気に入ったんですよ。でも……意外だったんです。まさか父がわたしの好みを把握していて、洋服を買ってくれるなんて」

「驚きすぎて、着られなかった？」

優希は薄く微笑んで首を左右に振る。

「……父が、服を選んでくれるなんて、初めてだったんです。自分のものはいつも自分で選んでいたから。……父がわたしのことを考えて選んでくれたんだって思うと……もったいなくて……」

こんな話、賢人にはつまらないだろう。申し訳なくなりつつ彼を見る。と、賢人は片手で口を押さえて横を向いていた。

「賢人さん？」

「……いや、お義父さん、いい人だな」

呆れた様子ではないので安心する。気を使ってくれたのかもしれないが、父を「いい人」と言ってもらえて嬉しくなってしまった。

「本当に、優希に似合っている」

さらに言ってもらえて気分がよくなり、緊張感がやわらいだ。

カフェに到着し、賢人が名前を言うと席に案内された。大きな窓から緑の中庭が見え、円形のテーブルに掛けられた白いテーブルクロスがまぶしいくらい輝いている。

御園の両親はすでに到着していて、ふたりの前には紅茶のセットが置かれている。ポットで提供されるらしく、とてもおしゃれだ。

父親である御園氏は、見るからに厳粛な雰囲気を漂わせた男性で、賢人が不機嫌な顔をしている表情を歳をとらせたらこんな感じだろうかと思う。

夫人のほうも上品な面立ちの綺麗な女性である。賢人を見れば、両親も容姿がいいのは予想ができた。

「父さん、母さん、お待たせしました。紹介します、妻の優希です」

テーブルの前で流れるように紹介され、優希はゆっくり頭を下げる。

「初めまして、優希です。ご挨拶が遅れてしまい、申し訳ございません」

賢人に感謝。上手く紹介してくれたおかげで、自然に挨拶の言葉が出た。

我ながら落ち着いていたと思う。その自信があるおかげで無理のない笑顔でいられた。

「いや、遅れたのはこちらの都合もあったのだから。あなたのせいではないよ。うん、感じのいいお嬢さんでひと安心だ」

好印象を得たらしい。御園氏が夫人に同意を求めると、夫人も「ええ」とうなずいて優希に微笑みかけた。

好スタートかもしれない。賢人が望みもしないのに婚約者候補を乱立させていた両親だというから、嫁に対するジャッジが厳しいのではと思っていた。

話の流れによっては場の雰囲気が重たくなるかもしれないとまで覚悟していたが、杞憂《きゆう》だったのではないか。

賢人が椅子を引いてくれたので腰を下ろす。優希の隣の椅子を引きながら、賢人が御園氏に問いかけた。

「椅子が多いようですが?」

大きなテーブルだが、椅子は四脚あればいい。しかし六脚置かれている。ちょうど、優希の横に二脚残っている状態だ。

「ああ、どうしても話がしたいというご婦人がいてな」

「ご婦人……」

やれやれと言いたげに息を吐く御園氏の様子を見て、賢人がハッとする。険しい表情で優希に顔を向けたかと思うと座っている椅子に手をかけた。

「優希、やはりこっちの席に……」

「いらっしゃったわ、ごきげんよう、若奥様」

「ごきげんよう、お会いしたかったのよ～」

賢人の言葉を遮るかのように割りこんできた声。椅子にかかっていた彼の手を無視して、優希の両側に御園夫人と同じ年代の女性がふたり立った。

「娘から聞いてはいたけれど、本当に素朴なお嬢さん。初めまして、南川です。そちらは樽谷様の奥様」

高身長で快活な女性が、体をかたむけて優希の顔を覗きこむ。続いてもうひとりが口を開いた。

「その節はごめんなさいね。なんでも、うちの美沙ちゃんが道をふさいでいたのをあなたがよけようとして、階段から落ちてしまったんですってね。美沙ちゃんから、主人が治療費を出してあげているって聞いて呆れてしまったわ。でも娘が『道をふさいでいたあたしが悪いから』って。あなた、相手がうちの美沙ちゃんみたいな優しい子でラッキーだったわね〜」

こちらが口を挟む間も与えまいと、ひとりでまくしたてる。有名な海外のブランドロゴが胸元に大きくプリントされたノースリーブのワンピースはずいぶんと身体の線を強調したもので、ブランドの価値に見合う人間である自信がないと着こなせない印象を受ける。

（南川……？　樽谷？）

話を聞きながらわかったのは、この高身長の南川という女性は、賢人と同じ病院の外科の女性医師、南川佳織の母親なのだろうということ。

そしてブランドワンピースの女性は、優希が怪我をした話に絡んでいるので、おそらく賢人に突っかかっていた令嬢の母親ではないか。

しかし、優希が怪我をした状況の認識がかなり違うような……。

「美沙さんの説明はかなり自分に都合よく歪曲されているようだ。娘さんにではなく、ご主人にお聞きになってください」

賢人も言われた内容に不満があったのだろう。厳しい声で言い放つと父親に目を向けた。

「父さん、どういうことです？　部外者がくるなんて聞いていませんよ。今日は父さんと母さんに優希を会わせたいから……」

「南川さんと樽谷さんも、おまえが選んだ女性に、一度でいいから会いたいと言うから、同席を許可した」

御園氏は少々気まずそうだが、どこか諦めた様子が窺える。察するところ、同席を押しきられたのではないだろうか。

それだけの勢いが、このふたりにはある……。

「そうですよ、賢人さん。私たちは娘の母親として、ここに同席させていただく権利があります」

背筋を伸ばし、南川夫人が主張する。話しかた、雰囲気が南川医師に似ていると感じた。

「十何年、うちの佳織も樽谷様のところの美沙さんも、賢人さんの婚約者候補としてすごしてきました。佳織においては賢人さんの隣に並ぶにふさわしい人間であろうと外科医になり、実家の医院ではなくみその総合病院の医師となりました。ここまで頑張ったのも、賢人さんのそばにいたいからではありませんか。それをないがしろにされたのですよ。賢人さんが選んだ女性が、どれほど素晴らしいのかお会いしたいと思うのは当然でしょう?」

「うちの美沙ちゃんだって、ずっと賢人さん一筋だったのに、こんなことになって……。いくらあの子がおとなしくて男の人の行動に口出しもできないつつましやかなかわいい女の子だからって。ただ黙って待っていたあの子がかわいそうじゃないですか。賢人さんが、どんな方を選んだのか、お目にかかりたいのは当然でしょう、いいえ、会わせてもらうのは権利ですよ」

立て続けに連発される母親たちの主張。南川夫人のほうはともかく、樽谷夫人のほうは心配になるレベルで自分の娘をわかっていない気がする。

御園の両親も、この勢いで同席を迫られたに違いない。父親はすっかり諦め顔で紅茶を飲んでいるし、母親は苦笑いで目をそらしている。

賢人の妻として義両親に会う覚悟だけを整えてきた優希にとっては、完全に不測の事態だ。まさか元婚約者候補の母親たちが乱入してくるなんて。

「だからね、若奥様にはいろいろとお聞きしたくて。お話しできるのを楽しみにしていたんですよ」

またもや南川夫人が身体をかたむけて優希を覗きこむ。そうしているあいだにも、樽谷夫人がオーダーをとるために待機していたウエイトレスに紅茶を四人分注文した。

だが、これだけ好きなように言われて賢人が黙っているはずもない。夫人ふたりが席に座ると優希の肩に手を置いた。

「優希、帰ろう。今日は駄目だ、また日を改めて……」

「それはないわ、賢人さん。あなた、娘だけじゃなくて私たちまで馬鹿にするの？」

南川夫人の言葉に樽谷夫人も「そうよそうよ」と同意する。なにを言われても賢人は気にしていないようで眉ひとつ動かさないが、代わりに気にしてしまったのは優希だった。

（賢人さんが責められてる？　どうして）

娘の母親からすれば、ふざけるなという気持ちなのかもしれない。しかし、婚約者候補を選定していたのは両親であって、それも賢人はノータッチのままいつの間にか決められている。

賢人は悪くない。責められるべきことなどなにもないのだ。

このまま立ち去ったら、よけいに賢人が悪く言われるのではないか。

「あの……聞きたいことって、なんですかっ?」

すぐに立ち去るのではなく、少しくらい話をしてもいいのではないだろうか。そうすれば、
ふたりの気も少しは晴れるかもしれない。

優希は聞く姿勢をとるが、肩に置かれた賢人の手に力が入った。

「優希」

「だって、せっかくいらっしゃったのに……。お話しもしないで……っていうのも失礼かと
……」

「まあ、さすがは賢人さんがお選びになったお嬢様だけあるわ。なんてお優しい。さぞ教養
があるに違いないわ。きっと素晴らしい大学を出ていらっしゃるのでしょう」

ここぞとばかりに割りこんでくる南川夫人のセリフに、正体不明の焦燥感が募る。まるで、
このタイミングを待っていたかのように感じて、背筋がスゥッと寒くなった。

「あ……いえ、わたしは高校を出てすぐ就職したので……」

「そうだわ、思いだした。ごめんなさいね、娘に聞いて知っていたのに、つい失念してしま

ったわ。確か大衆向けのレストランに従事されているんでしたっけ」

南川夫人の目は笑っていない。むしろ笑顔が怖い。

「どこのレストラン？　行ってみたいわ」

話題を引っ張るように樽谷夫人が入ってくる。

「おやめなさい。躾《しつけ》のなっていない子どもが走り回って騒ぐような場所よ。高校生でもお小遣い稼ぎに働ける場所だっていうじゃない。とてもじゃないけれど、満足な食事が出てくるとは思えない」

「なんてこと……。やっぱり高校しか出ていないとそんなところでしか働けないのね。でも、なぜ大学へ進学しなかったのかしら。賢人さんに選んでもらえるような方が、そんな当然の学歴もないなんて信じられない。ねえ？」

ふたりの視線が優希に向く。話を振られたのだ。答えなくては。

「働くのが……楽しかったんです。ですから、進学は考えませんでした」

お腹の底から冷えた空気が喉を通って吐き出される。血の気が引いて指先まで冷たかった。

今になって、失礼でもこの場から退散しようとした賢人の気持ちがわかる。賢人は予想していたのだ。このふたりが優希を攻撃するだろうことを。

それを危惧して守ってくれようとしたのに……。

「若奥様はご勤勉でいらっしゃるのね。素晴らしいわ。楽しい、そうでしょうね、職場の男性ともずいぶんと仲がよろしいんでしょう」

「あら、それはまたどういうこと？　楽しそうなお話ね」

「佳織が見たらしいのよ。病院で職場の男性らしき人とそれはそれは仲睦まじくお話ししていたのですって。頭なんか撫でられて、若奥様は甘え上手なんでしょうね。賢人さんは真面目な方だし、甘えられて放っておけなくなってしまったのかしら」

これは病院で芹原に会ったときのことを言っているのだろう。彼と話しているのを佳織が見ていて、それを母親に話したのだ。

頭は叩かれたが撫でられてはいない。話はしていたが甘えていたわけではない。話がおかしい。これではまるで、優希が誰にでも媚を売る女だと言われているかのようだ。

——いや、そうだと言いたいのだろう。

「くだらない」

冷たい声が場を静める。声を発した賢人はゆっくりと優希の手を引いて立たせ、その肩をシッカリと抱き寄せた。

「なにを話したいのかと思えば、標的を蔑《さげす》んで楽しみたいだけだ。これ以上ここにいる意味はない。失礼する」

賢人に力強く抱き寄せられているのでなんとかなっているが、それじゃなければ脚が震えて立っていられないところだ。

それでも、ここを出るまでは頑張らなくてはと脚に力を入れる。だが、南川夫人がストップをかけた。

「お待ちなさいな、賢人さん、私たちは貴方に考え直してほしいの。今なら、別れてもまださほど影響はないわ」

「そうよ、その子がどういう育ちの子なのか、貴方はわかっていないでしょう」

ここぞとばかりに樽谷夫人が立ち上がる。発言の主導権をバトンタッチされたのが嬉しいのか、張りきって言葉を出した。

「その子の母親はね、男を作って不貞の末に離婚したんですって。なんて汚らわしい。そんな女の娘なのよ、その子も同じことをするに決まっている。結婚したあとも職場の男と仲がいいくらいだもの」

肩が震えたが、賢人が抱き寄せてくれているので、その震えに気づいたのは彼だけだろう。

――知っていた。両親が離婚した理由。

父は話してくれなかったけれど、母の様子を見ていて子ども心に感じとっていたのだ。

それでも、気づかないフリをして、感情に蓋をしていた。

考えれば泣きたくなるから。

「教養も学歴もないうえに、そんな不道徳な母親の娘、結婚相手の選択肢になんて入らない。それどころか常識もないじゃない。結婚相手の親に会うっていう大切な場で、そんなペラペラな安物のワンピースを着てくるなんて。こういった場は、振袖で正装すべきでしょうっ」

さらに父との思い出まで踏みにじられたような気持ちになる。悲しみなのか怒りなのか、自分でもわからない感情がこみあげてきた。

――――もう黙って。これ以上聞きたくない。

「黙れ」

優希の心を代弁するかのように、賢人がひと言発する。

怒鳴ったわけではない。しかしその声は力強く迫力があって、紅茶を運んできたウエイトレスがワゴンごと固まってしまった。

もちろん、ふたりの夫人と両親も例外ではない。

「それだけ俺の妻を貶《おとし》めるということは、それなりの覚悟があってのことなのでしょうね。『親切で言ってやった』なんて、おふたりとも、ご主人に言えますか」

夫人ふたりが目を見開く。すぐに慌てた様子を見せたのは樽谷夫人だった。

しかし賢人はもはやそんなふたりに目をくれもしない。両親に「またいずれ」と言い残すと優希の肩を抱いたまま歩きだそうとする。

彼が早々に立ち去ろうとしているのだから、優希も合わせなくてはと思うのに、動けない。すっかり足がすくんでしまっている。

賢人はすぐにそれを悟ってくれたのだろう。なにも言わずに優希を姫抱きにすると、無言

でカフェをあとにした。

「すみません、わたし、足が動かなくて……」

「気にするな。あんなセレブ気取りに集中砲火を受けたら、慣れていない人間は言葉なんか出なくなる」

「クレームとか……店で慣れているはずなのに……」

「一緒にするな。いくら優希でも、怨霊のクレーム処理はできないだろう」

「怨っ……」

その例えに驚いていると、賢人が周囲を見回す。こちらを窺っていたらしいコンシェルジュがすぐに駆けつけた。

賢人が部屋の手配を頼み、——数分後、優希は上層階のスイートルームでアイスココアを飲んでいた。

「ここのココアはカカオ感たっぷりだな。大人用のココアって感じだ」

味わいながら分析しているココアは、部屋の手配をしたとき一緒に注文をした。そのせいかフロアにあがったのと同時に、ルームサービスのワゴンも到着していたのだ。

「チョコレートも然りだが、カカオ感が苦手な人もいる。優希はどうだ？　大丈夫か？」

「甘いので大丈夫です。でも、サッパリしたものが欲しいときは思いっきり薄めちゃいそうですね」

「そうだな。だが、サッパリしたものが欲しいときに、あまりアイスココアは選ばないんじゃないか？」

「アメリカンなアイスココア」

「なんだそれ。採用」

アハハと声を出して笑い、賢人は楽しそうにアイスココアのグラスに口をつける。のは、いいのだが、気になる問題がひとつ。

「あの……賢人さん」

「どうした？　遠慮した声を出して」

「わたし……下りたほうがいいですよね……」

「なぜ？」

「なぜって……」

――優希は、賢人の膝に座っている……。

アイスココアは運んできたホテルのスタッフがテーブルに置いてくれた。優希を姫抱きにしたまま賢人がソファに座ったので、彼の膝にお尻をのせる形になってしまったのだ。

それから、下ろしてくれる気配がない。勝手に下りていいものかわからなかったのでそのままだったが、優希が言わないとずっとこのままな気がしてきた。

「……重いですよね」

「まったく重くない。むしろ密着度が増していい」

「密着度……」

今一番密着しているのはお尻なので、つい意識してしまい恥ずかしさにムズムズしてきた。体勢を考えても非常に身体が近い。彼が纏《まと》うスーツの香りに包まれていると言ってもいいくらいの近さではないか。

そう考えると頬があたたかくなる。

「なんだ？　また赤くなっているのか」

指で頬を撫でられる。グラスをさわった手だったのか、ひやっとした感触が心地いい。

「服を着ているうちから赤くなっていたら、脱いだときに爆発するぞ」

賢人の顔を見る。男の顔で微笑む彼を見て、ああそうかと悟った。彼が部屋をとったのは、そういうことだ。

「本当なら、両親と会ってから一度マンションへ戻って、改めてディナーに誘って食事をした先のホテルに部屋をとって……、っていう計画を立てていたんだけど。急遽、変更した」

入籍日からずっとお預け状態だった初夜。優希の怪我も心配いらない状態になっているし、先週末はいいところで仕事が入ってしまったし。賢人としては、今日こそはという気持ちなのかもしれない。

「ただ……、俺の両親との話が無事にすんだのならともかく、いやな気分で終わってしまった。優希がその気になれない、あんなことがあってそれどころじゃないと思うなら、……やめておく」

気を使ってくれている。これだけ初夜が延びて、経験のない優希でさえ少しじれったい気持ちになっているのだから、入籍のときからその気だった賢人はかなり我慢してくれているのではないかと思う。

母に会う前日の夜、ベッドで身体に触れられたことを思いだす。あのとき、背中に彼の昂ぶりを感じた。

知っている限りで、男性はああいった状態を我慢するのが相当つらいと聞く。我慢しすぎると病気になるとも。

それなのに、賢人は今も優希を優先してくれる……。

「……病院から、緊急の電話、こないといいですね」

「きても出ない。何かあったら南川に補ってもらう」

「いいんですか？　そんなこと言って」

ハッキリ言わなくとも、優希の言葉で悟ってくれたのだろう。賢人は自分のグラスをテーブルに置くと、優希のグラスもその横に置いた。

片手で優希の身体を抱き、顔を近づけて瞳を覗きこむ。

「本当に大丈夫か？」

「……母のこと、あんなふうに言われたから心配してくれているんですよね。……大丈夫です。知らなかったことじゃない。あのころ、子ども心に気づいてはいたんです。でも、それを信じたくなくて考えないようにしていた。……久しぶりに現実を突きつけられて動揺してしまいましたけど……、大丈夫、もう、昔のことです。わたしのほうこそ、このことを賢人さんに話していなくて、ごめんなさい。驚きましたよね」

「いや、お母さんの経歴や離婚の経緯、再婚の時期なんかを聞いて、見当はついた。だが追及する気はまったくなかった。そんなこと、俺と優希の目的のためにはなんの関係もないと思ったからだ。あのふたりはガッチリ調べたんだろう。それについてはどんな方法を選択したのかは知らないが……、優希の仕事のことや親しい職場の人間がいるという話については、それを洩らした人間の見当はつく。……たとえ些細《ささい》なことでも、患者の情報を家族に洩らすなんて、ゆゆしき問題だ」

束の間、視線が横にそれる。賢人には洩らした人間の心当たりがあるのだろう。同じく優希にも見当がつく。

南川夫人が言ったのだ。「娘に聞いて知っていたのに」や、「娘が見たらしい」と。

「あいつ……」

眉を寄せて呟いた賢人の気持ちを考えると、身につまされる。

佳織は大学の同期だと言っていた。きっと、共に学び、医師を目指して切磋《せっさ》琢磨《たくま》した仲間なのだろう。

外科医として同じ病院に籍を置いているのだから、婚約者候補という顔はあっても、彼女は大切な同僚でもあるはずだ。

仲間に裏切られた気分なのだ。優希だって、一緒に頑張っているクルーが店の情報を洩らしたり店の名前に傷がつくようなことをしたら、悲しいし、つらい。

「賢人さんこそ、大丈夫ですか？」

両手で賢人の頰を挟む。彼の視線が優希に戻り、ふっと笑んだ。

「優希に優しくされると、気分がいい」

「わたし、冷たくしたことなんかないですよ。賢人さんはときどき意地悪しますけど」

「俺？　意地悪したか？」

ニヤリと笑って身体に回した手で腰をさする。くすぐったそうに優希が身をよじるのもお見通しなのだろう、さらに脇を撫であげる。

「優希だけイかせて、それで終わらせることを言っている？　それなら、今日はそんな意地悪はしないから安心しろ」

果たしてそれを意地悪というのかは謎だが、――今日は、ひとりだけイかされる心配はないようだ。

顎を手で支えられて唇が重なる。すぐに舌を搦め捕り吸いつかれた。

（あ……ココアの味……）

カカオを思わせる芳香が口腔から鼻に抜けていく。濃厚なアイスココアではあったけれど、それよりも強く余韻が残る。

「ココアの味がする」

賢人も同じく感じたらしい。クスリと笑って優希を抱き上げ、足を進めた。

移動したのはベッドルームだ。マンションのベッドもダブルサイズで大きいと思っていたが、この部屋のベッドはもっと大きい。

「すまない……シャワーは、あとにさせてくれ」

いつもの賢人からは感じられない余裕のなさ。ベッドで重なり合うと急ぐように唇を重ね、優希のワンピースを脱がせにかかった。

が、すぐに真剣な顔で上半身を起こしたのだ。

「駄目だ。優希、こっちへ」

優希の腕を引き、ベッドの横に立たせた。ワンピースの前ボタンを外すと、ゆっくりと丁寧に脱がせた。

彼には急いた様子もあって、キスをした状態で脱がされると思っていたが、優希がハジメテだから脱がせるところから慎重になってくれているのだろうか。

（こんなところまで気を使ってくれるなんて、ときどき意地悪するとか言って悪かったかな）

わずかに後悔する優希をよそに、賢人はワンピースをハンガーにかけ、クローゼットに吊《つ》るす。

「よし、これでいい。せっかくお義父さんが買ってくれたワンピースだ。大切にしないと」

胸がギュッと締めつけられる。

父が優希のことを考えて選んでくれたワンピース。もったいなくて着られなかったのは、それだけ大切にしたかったということ。

それを賢人はわかってくれている。

彼の気持ちが嬉しすぎて、カフェでワンピースを馬鹿にされた出来事なんてどうでもいいと思えてきた。

「ありがとうございます……。賢人さん」

「優希が大切にしている思い出だ」

正面から両腕を摑まれ、ゆっくりとベッドに腰かけさせられる。ベッド脇に膝立ちになった賢人がブラジャーを外しにかかった。

「優希が大切にしているなら、俺にとっても大切だ」

——胸が苦しい。

痛いのではなく、ギュッと締めつけられるような。そのうえ鼓動と一緒にあたたかなものが胸の奥で跳ねている。

ブラジャーが外されてしまっても、苦しさは変わらない。むしろ鼓動が大きくなった。

「優希はすぐ濡れるから、こっちも先に脱いでおこう」

ショーツに手がかかり、驚いた反動で素直に腰が浮く。当然あっという間に脚から抜かれてしまった。

「なんですか、すぐ……なんかなっちゃうみたいな……」

「素直でよろしい」

濡れる、の言葉が出なかった。いやらしい意味で使われているからよけいに言いづらい。

おまけに、ブラジャーを外したあとから賢人の視線は優希の身体をいったりきたりしている。あまりにも嬉しそうに眺めるので、かくすこともできない。

とはいえ、遅れていた初夜なのだと理解してここにいるのだから、かくすのもおかしい。

優希はせめてもの気持ちで両腿を締め、両腕を身体の横に沿わせた。

「優希はね、敏感なんだ。すぐびちゃびちゃになる。そんなことないとか言わせない。ほら、ここ、硬くなりかかっている、わかるか?」

賢人の指が胸の頂を弾く。硬度を持ち勃ちかけていたそこは、それを合図にしたかのように大きく顔を出した。

胸の突起が硬くなるのは興奮した証拠。賢人にさわられて、それを覚えた。けれど今は、さわられる前から硬くなりかかっていた。

「俺に見られて興奮した？　眺めたくもなるだろう、こうやって全裸を見るのは初めてだ」

胸のふくらみに唇が触れる。ぴくんっと上半身が震えた。

頂を食むように唇が動く。両手で下から胸のふくらみを掴み上げ、ちゅぱちゅぱと音をさせながら吸われて肌が熱くなっていくのを感じた。

「ぁっ、ふぅ、ンッ……そんな、吸わない、で……」

口を開けば切ない声ばかりが漏れてくる。胸を刺激されているのに腰が重くて、お尻がムズムズする。

「口の中で大きくなっていく。優希が感じてるんだと思うと嬉しいな。こっちもしてほしいだろう？」

「あっ、やぁん……」

彼は嬉しそうに反対側に吸いつく。解放されたほうは突起がふくよかに育ち、赤く実って上を向いていた。

自分の身体の一部だとは信じられない。目にするだけでいやらしくて、あられもない感情が湧いてきてしまう。

おまけに、今のこの体勢も優希を煽る原因だ。目の前で賢人が胸のふくらみを咥《くわ》えてしゃぶりついているなんて。

「あぁっ……、や、ぁあっ」

彼が優希に対していやらしい気持ちになっているから、こんなことをするのだ。そう考えただけでゾクゾクして堪らない。

重たいなにかが腰の奥からぷくっと漏れ出してきた感触に、慌ててつま先を立てて太腿を浮かせる。

「ああ、そうか。気になるか、ごめんな」

賢人はすぐに悟ったようだ。ベッドに腰かけた状態から身体を押され、そのままうしろに倒れる。両脚を持ち上げられたかと思うと大きく開かれた。

「賢人さっ……」

膝を立てて足裏をシーツに置かれる。M字開脚状態だ。恥ずかしい部分が空気を感じるほど赤裸々にさらされているのがわかる。

「これだけ胸をさわられたら感じるだろうし、濡れてきて気になる。お尻のほうまで垂れる一歩手前だ」

おまけに彼はそこを見つめながらスーツを脱ぎはじめた。自分でも見たことのない場所だし、恥ずかしい部分、かつ、いやらしい意味を持つところだという意識があるせいか、恥ずかしいやら焦るやら。焦燥感がすごい。

（見られてるんだ、賢人さんに）

そう思うと腰の奥からぷわんとしたものがあふれ出して、恥部にあたたかみが広がる。お尻の谷間に愛液が垂れていくのを感じてとっさに腰を上げた。

「すまない。あんまりかわいくて眺めてしまった。今綺麗にしてやる」

「きゃっ……!?」

秘部にぬるっとした感触。驚きつつも疑問が飛び出す。

まさかと思ったとおり、賢人がそこに舌を這わせていた。

「あっ……賢人、さっ……、そこ……」

声が続かない。指でさわられたことはあっても舌を使われるのは初めて。指とは違うタッチのやわらかさ、だからといって決してもの足りないわけではない強さが、新鮮な刺激となって優希の官能をくすぐる。

「ダメ……舐めちゃ……あっぁぁ」

「どうして？　さっきからあふれてくるのに。ここなんか〝もっと〟って言ってるみたいにピクピクしてる」

「ひゃぃっ……！」

息を吸いこんだついでにおかしな声が出る。なのにトーンは媚びた甘え声だ。

秘部の一部分がピクピクしているのは気づいていた。自分でなんとかできるわけでもなく、刺激を受けて勝手に震えているのだから仕方がない。

賢人はその部分を舌でなぞり、膣孔に挿し入れては舌先を動かす。あふれるほど満ちている蜜をぐじゅぐじゅと押し出しながら、初めて与えられる刺激に浮つく花芯をもてあそんだ。

「あー、そうか、わかった。お風呂に入ってないのにって気にしたんだろう?」

間違いないとばかりに嬉しそうに言うので、思わず手を伸ばして賢人の頭をぺしっと叩いてしまった。

――大正解だからだ。

「ハッキリ言わないでくださいっ」

改めて目を向けると、賢人はすっかり上半身の服を脱いでしまっている。ウォールライトのあたたかな色が彼の肌を照らし、なんともいえない艶を感じさせる。

「俺が我慢できなくて入浴をあとにしたんだから、気にするな。だいたい俺はまったく気にならない。味も匂いも最高」

「言いかたぁっ!」

なんて羞恥を刺激する言いかたをしてくれるのだろう。ムキになると、賢人が膣口をじゅるっと吸い上げた。

「あっ、ひゃっ!」

「恥ずかしいなんて考える暇もないくらいにしてやったほうがよかったな」

「んっ、あぁ……やぁぁ……!」

急に舌の動きが激しくなる。大きく舐めあげては上のほうで円を描くように舌を回す。その刺激が堪らなくて、叩いた状態で止めていた手で賢人の髪を掴んでしまった。

「あんっ、そこ、ダメェ……」

以前手でさわられたときは、その部分をこすられることでどんどん疼きが募り、やがて快感が弾けて達してしまっていた。

快感の出どころのような場所だ。舌で触れられる感触がまた心地よい。もっともっと貪欲になって、蓄積されていく愉悦が弾けるのを心待ちにしている。

「賢、人、さ……ハァ、ああん……」

彼の髪を両手でかき交ぜ、腰を上下に揺らす。もどかしさがいっぱいになってきて背を反らしては戻し、シーツの海を這いあがった。

「あぁあん……！　ダメ……もっ……ああ——！」

首を左右に振りながら愉悦が弾けるままに任せる。達した瞬間お尻に力が入り蜜口が絞られて、あたたかな蜜が広がった。

さらに賢人がそれを舐めたくるから、秘部の痙攣《けいれん》が止まらない。

「あっ……シッ、ハァ、あぁ……」

「今回は、ここで終わらせないから」

吐息を弾ませる優希の脚を戻し、賢人は立ち上がってトラウザーズに手をかける。

前回、前々回は優希だけが達して終わっている。先にも宣言したとおり、今回はそんな意地悪はされないようだ。

「優希、脚は大丈夫か？」

「え？　はい……」

　突然なんだろう。大きく開かされたまま脚に力を入れていたせいか、今は力が入らないが特に問題はない。

　それより話しかけられて彼を直視してしまったせいで、賢人が自分自身に避妊具であろうものを施しているのをバッチリ見てしまった。

（え？　あれ、入れるの？）

　もちろんだが男性器を見たのは初めてだ。避妊具をかぶせた状態のものが目に入っただけだが、あれが本当に自分の中に入るのかと不安になった。

　確かに、彼の昂ぶりが背中に当たったときかなり大きな塊だったような気はしていたが……。間違いなかったようだ。

「脚に力が入っていたから、下手に動いてひねったりしなかったかと心配になった。ねん挫がよくなったばかりだから。この時期はちょっとひねっても再発しやすい」

　賢人に支えられた身体がベッドの中央に置かれる。頭が枕に沈んで寝心地がいい。それよりもっと心地いいのは、賢人の気遣いだった。

「脚の打撲痕もだいぶよくなりましたね。これが消えれば完治です。しばらくねん挫には気をつけなさい。階段から落ちないように」

口調がお医者さんモードだ。軽く覆いかぶさってきた賢人を見つめ、ぷぷっと笑ってしまう。

「はい、御園先生」

「よろしい」

賢人の頬に両手を添える。その艶やかな顔を見つめて、微笑んだ。

「賢人さんは、優しいですね」

「優しいよ。優希ひとりをイかせたままにはしないから」

「もぉ、そっちじゃないですよ」

アハハと笑っているうちに脚を広げられる。秘部に熱い塊の存在を感じて、何気なく聞いてみた。

「賢人さん……、あの、コレ……入るときって、小さくなったりします？」

「挿入するときか？　小さくは……ならないな。なにかがあっていきなり萎えない限り。優希に挿れるんだと思ったらさらに大きくなる」

「まだおっきくなるんですかっ？」

大変だ。本当に入るだろうか。そんな心配をしているのが賢人にもわかったのだろう。優希のひたいに口づけ、頭を撫でた。

「大丈夫だ。優希が受け入れてくれるなら、ちゃんと入る。受け入れてくれる？」

「はいっ。だって……」

出しかけた言葉に一瞬の戸惑いが走る。けれど口にしたくて、肩に両腕を回して抱きつく。

「せっかくの、旦那さんとの初夜ですから」

「優希……」

滾りの先端が秘裂を撫でる。そこに溜まっていた蜜を絡め蜜口をぐりぐりと押した。

「あっ……！」

不思議なもので、あれだけ入るのかどうか不安だったものが、膣口をぐにっと押し広げて先端が潜りこんだ瞬間、絶対に入ると確信できる。

しかし確信と同時に重苦しい痛みが走り、優希は腰をぐっと引く。

「んっ……」

腰の下はベッドだ。引いたといっても気持ち程度。優希が破瓜《はか》の痛みに驚いていると悟ったのか、賢人の動きも止まってしまった。

「大丈夫か、優希。一回抜くか？」

「大……丈夫、です……」

重い痛みはあるが、優希には賢人を受け入れられるという確信がある。彼が動きを止めないよう、優希はゆっくりと呼吸をしながら引いた腰を戻した。

「賢人、さん……止めちゃ、ダメ……。初夜、しよう……」

「……それ、ヤバい」

止まっていた熱塊がぐぐっと押し進められる。ピリッとした痛みは走るものの、腰を引いて逃げるのではなく腰を浮かせて力を抜くことで、挿入を助けた。

狭窄《きょうさく》な隘路《あいろ》に、熱を放つ肉の棒がじりじりと満ちてくる。いったいどこまで入ってくるのだろうと思いながら、優希は吐息を弾ませながらそれが止まるのを待った。

「ぁぁァッ……んっ、まだ、入る……？」

「もう少しだ。……つらいか？」

聞いてくれる賢人も、どこかつらそうだ。

初めて押し拓かれる膣路は、まだ硬く狭い。剛強で貫かれる優希も苦しいが、狭窄な締めつけをほぐすべく進む賢人だって苦しいだろう。

同じなのだ。苦しくても優希は賢人を受け入れたいし、同じく苦しくても賢人は優希を感じたい。

「大丈夫……もっと、入って……くださ……ぃ」

「……それも、ヤバい」

なにが「ヤバい」のかよくわからないまま、賢人が一気に屹立《きつりつ》を押しこめる。

喉の奥まで彼でいっぱいになってしまったような、おかしな感覚。この身体は自分のものであるはずなのに、中身を全て入れ替えられてしまったかのよう。

「あ……いっぱい……」

「全部入った。優希のおかげだ」

「身体のナカ……けんとさんで……いっぱい……。すごい、パンパン……」

「俺も……優希に締めつけられてぎゅうぎゅうだ」

「パンパンで……嬉しい……」

重苦しかったはずの痛みが遠のいている。狭さゆえの苦しさが、じわじわと違う感覚にすり替わっていくのがわかる。

淡い、かすかな官能が優希の中で育っていく。もっと大きくなろうとするかのよう、その幅を広げていこうとしている。

「ゆっくり、動くから」

「……はい、いっぱい、動いてください」

たくさん彼を感じられたら、かすかに芽生えているこの心地よさがもっともっと強くなるのではないか。そんな気がするのだ。

「無自覚に、すごいことばかり言う。……言われなくても、いっぱい動いてやる」

賢人は最初ゆっくりと腰を揺らしはじめる。蜜路のなかで雄茎がじりじりと動き、やがて大きくスライドした。

ひょんなことから目にしてしまった大きなもの。あの熱《いき》り勃った塊が自分の中で行き来している。入るのかと不安にもなったというのに、こうなってしまうと信じられない。

——信じられないほど……もっと感じたいと思ってしまう。

「あっ、あ、賢人さん……いっぱい……ぁあっ」

「いっぱいほしい？　いいよ。優希はヤバいな、ホント」

「それ、わかんないぃ……ぁぁんっ、ダメェ……！」

深いところでずくっずくっと動いたかと思うと、入り口まで引かれそこから一気に蜜洞を掘削していく剛直。その勢いに熱い疼きが募っていく。

胸のふくらみを掴み上げ、頂を吸い上げて舌を回す。上から下から発生するどうしようもない感覚が快感なのだと身体が悟ると、昂りは止まらなくなった。

「あっ、あぁ！　賢人、さん、ダメ……なんか、なんか……」

「イきそうか？　そうだな、かなりやわらかくなったと思ったのにまた締まってきた……。いいよ、イきたいだろう」

優希の様子を見て賢人の律動が大きくなる。お腹の奥からせり上がってきそうな大きなものを感じつつ、優希は激しく首を横に振った。

「やっ……やぁ、まだ、まだ、ぃやぁ……！」

「優希？」

「だって……イっちゃったら、初夜、終わっちゃう……。もっと、賢人さんと、初夜したい……あぁぁんっ！」

導かれる官能の心地よさに思考が囚われてしまっている気がした。もっともっと賢人とこうしていたい。心も身体もそれを求めていて、そうじゃなくちゃいやだと我が儘《まま》を言う。

やっと迎えた初夜なのだ。

どれだけ待ちわびたか……。

内奥をぐりっと穿たれ腰が反る。賢人の抜き挿しが激しさを増した。

「大丈夫だ。初夜は終わらない。俺が終わらせない。優希がもう駄目って怒って泣くまで抱いてやるから、覚悟しておけ」

「な、なんですか、それ……ぇ、やぁぁん……！」

「だいたい、俺がどれだけ我慢していたと思ってるんだ。絶対放してやらないからな」

「ああっ！　ダメ、ダメェっ、そんな……したら……ああンッ！」

手加減のない腰遣いに、官能がどんどん押し上げられる。賢人の言葉で安心したのか、もう達するのがいやだとは思わない。

彼がくれる快感の波に身を投じ、優希は感じるままにあえぎ啼《な》いた。

「あぁ……やっ、けんと、さん、ダメェっ……！」

「ダメじゃない。俺もイくから、一緒だから、いいだろう？」

「一緒……に、イ……あぁぁっ！」

腰からの感覚がなくなり、一気に愉悦が突き上がる。頭の中で白い閃光《せんこう》が瞬《またた》いて、今まで感じたことのない絶頂感が襲った。

「やぁあ……けんとさっ……すきぃ――――!!」

もはや無我夢中で、叫び声なのか喜悦の声なのか泣き声なのか、わからなくなる。

「優希っ……」

賢人が声を詰まらせて優希を抱きしめ、優希も何度も賢人を抱き直しながらしがみついた。忘我に引きこまれそうな浮遊感。感じるのは重なり合った大きな鼓動と、混ざり合う荒い呼吸。

その吐息をじゅうっと吸われ、優希はハッと目を見開いた。

唇が離れ、目と鼻の先に賢人の顔がある。艶のある微笑みだが、優希を見つめてとても嬉しそうだ。

「まだ、意識は保っておけよ。もっとするんだろう？　初夜」

ニヤリとされて、急に恥ずかしくなる。

そういえば、そんなことを言ってしまった覚えが薄っすらとあるのだ。

「優希が恥ずかしがると、ムズムズする」

「意地悪ですよ……」

文句を言うものの、賢人はこたえていない様子。優希のひたいにキスをして、甘い声を耳朶に落とした。

「優希が……すごい嬉しいこと言ってくれたから……、張りきろうと思って」

「なんですか……？」

「……思いだせよ。気持ちよかったからはずみで言ったとか、認めないからな」

なんだかよくわからないが、賢人にとって嬉しいことを言ったらしい。

「頑張って思いだします」

「そうしてくれ」

見つめ合い、唇が重なり……。

やっと訪れた初夜は、まだ続く――。

第四章　一ヶ月婚の終わり

開鍵の音がした。

ちょうどリビングの掃除が終わったところで、廊下に続くドアを開けっぱなしにしていた。動画や音楽を流しているときもあるが、今日は静かだったので、すぐに気づけたのだ。

——大切な旦那様のご帰宅である。

「おかえりなさい、賢人さん」

エプロンを外しながら出迎えに走る。玄関で賢人が、優希を見て微笑んだ。

「ただいま優希」

「当直、お疲れ様でした。忙しかったですか？」

賢人は昨日出勤し、日勤から続く当直勤務で今日の帰宅となった。明日は休みである。

「いや、今回はそれほどでもなかった。仮眠が邪魔されることもなかったし」

「そうですか、お医者さんが忙しくないのはなによりです。怪我をした人がいないってことですから」

「違いない」

微笑んで優希に顔を近づける。唇を合わせてから、肩にひたいをのせてきた。

「でも、やっぱり少し疲れたかな。優希がいなくてつまらないし。……寂しい」

「賢人さん……」

甘い言葉と態度にドキドキする。

――夫婦としての〝初夜〟を迎えてから一週間。

賢人の態度は、信じられないほど甘く献身的だ。

あの夜から、ふたりでいると必ずといっていいほど彼に抱かれている。初夜では終わらず、〝夫婦生活〟も実行されているのだ。

一ヶ月間とはいえ結婚したのだから初夜があって当たり前。賢人はそんな考えを持っていた人だ。

なので、一ヶ月間とはいえ夫婦なのだから夫婦生活があって当たり前だ、そのくらいの考えでいるのだろう。

優希はといえば、そんな彼の考えが決していやではない。

むしろ……嬉しい。

性経験どころか恋愛スキルもなかった自分が、まさか特定の男性と肌を重ねてこんなにも感じられるなんて思わなかった。

そしてなにより、賢人に抱かれているのだという事実に幸せを感じる。

基本女嫌いの賢人だが、患者は患者、看護師は看護師、それ以上でもそれ以下でもないという切り替えができる。優希のことも〝妻〟という枠に当てはめてくれているからこそ、こんなに甘く大切にしてくれるのだろう。

もしもこの先、賢人が別の女性と結婚するようなことがあったら……。

その女性にも、こうして甘く囁き、毎日のように身体を求めて、あの艶やかな微笑みを見せるのだろうか。

――そんなの、いやだ……。

「賢人さん、お昼は食べました？　なにか用意しましょうか。それよりお風呂のほうがいいかな、用意してきます」

いやな思考を払いのけるように、明るい声で提案する。肩にのっていた賢人の顔が動き優希を見つめた。

「優希が……食べたい」

――息が止まる。心臓が高鳴りすぎて胸骨骨折しそうだ。

（お医者さんが目の前にいるんだから、今骨折しても賢人さんならなんとかしてくれるか）

そういう問題ではない。ときめきすぎて思考がお花畑だ。

「なに言ってるんですかっ。当直明けで疲れてるでしょうっ」

ハッと我に返り反論する。

「疲れていても勃つものは勃つ。疲労は神経伝達物質を分泌させる。海綿体《かいめんたい》に血液が流れやすくなるから、むしろ疲れたときは勃ちやすい。興奮するとなおさらだ」

――論破。

理詰めで殴られた。出る言葉がない。

（そうなんだ……知らなかった。ってか、わたしが知ってるわけないじゃない。こういうことって、男の人はみんな理解してるのかな。いや、お医者さんだからわかってるのかな。きっとそうだよ。わたしだって、女だけど自分の身体のことなにも知らないし。感じやすいってことも知らなかったし）

――解決。

「いや、駄目ですよっ。ちゃんと休んでください。お風呂用意しますから、入ってくださいね。アイスココア作っておきます」

「わかった、入る」

負けるものかと言い返せば、アイスココアにつられてすんなり折れた。

「優希のアイスココア、楽しみだ。疲れなんか一気に吹っ飛ぶな」

やっと優希から離れ、ご機嫌でバスルームへ歩いていく。呆れるよりおかしくてクスクス笑っていると、彼の後頭部にぴょんっと跳ねた寝癖らしきものを見つけた。

（あ……仮眠のときについたのかな。アホ毛跳ねてるとか……かわいい）

賢人だと思うと寝癖さえも微笑ましい。以前バイトの女の子が芹原の寝癖を見て「アホ毛かわいい」と盛り上がっていたが、そのときは「寝癖がかわいい⁉」と驚いたものだ。

しかし今ならわかる。好きな人なら、アホ毛だろうと髭の剃り残しだろうとかわいい。

……多分。

そんなことをこっそり思いながら笑顔で彼を見送っていると、賢人が立ち止まりチラッとこちらを見る。

「一緒に入る？」

「……入るだけですむならいいですけど、わたしがのぼせて動けなくなったら、アイスココア作れませんよ」

「いってきまーす」

やっと素直にバスルームに消えていく。優希はクスクス笑いながらキッチンへ向かった。

「エッチだなぁ、もぉ」

微笑ましげに出てしまった言葉だが、本当にそのとおりだと思う。初夜を迎えてから、その印象はとても大きくなった。

（ほぼ毎日だし、何回もするし、……一応新婚だと思ってるからなのかな。あれが男の人の普通なんだろうか）

考えこみつつアイスココアの用意をする。男性の普通の性欲レベルなんてわからない。しかし高校時代の友だちからは、彼氏が淡白だとか男友だちとばかり遊んでいて彼女とベタベタしたがらない、などの話も聞いたことがある。

年齢的なものだろうか。落ち着いた大人の男性は、あれが普通なのだろうか。

考えていると手が止まる。おまけに優希を誘うときの艶っぽい表情や、快感を与えてくれているときの感覚を思いだしてしまい肌がゾクゾクした。

（……まあ、いいか）

思い直して手を進める。賢人に求められ毎度とんでもなく感じているので、毎日だろうが何回もだろうが、いやではない。

それに、彼が求めてくれるのは嬉しい。彼に抱かれると幸せな気持ちになる。

——彼に対してあたたかな気持ちが芽生えているのは意識できている。けれど、それをしっかりと自覚するのを本能がためらうのだ。

お互いの目的ありきで結んだ婚姻は、およそ一ヶ月が期限だ。

あと一週間で、一ヶ月目がくる。

残るは賢人の祖父に会うことだけ。面会許可が下りない状態が続いているので、このままなら一ヶ月以上かかるかもしれない。

祖父は余命宣告をされているはずだ。会えないうちに……という可能性もあるし、もしかしたら面会を許されるのは最期の瞬間という可能性もある。

どうなるかはわからないにしろ、賢人の祖父の件が終われば、この結婚生活も終了する。

一ヶ月目が迫っているせいか、最近そんなことばかりを考えて……悲しくなってしまうのだ。

優希は考えるたびに胸が痛くなるが、賢人はどう考えているのだろう――。

「ああ、そうだ、祖父さんの面会許可が下りた」

入浴を終えた賢人が、アイスココアを片手にソファに深くもたれ、今思いだしたかのように軽く口にした。

恐れていたことが現実になったときの焦燥感とは、こんな感じなのだろう。

気持ちは焦るのに、凍りついたように身体は固まって動かない。血の気が引いて臓腑《ぞうふ》まで冷えている、それなのに鼓動は妙に速くて胸が痛い。

「体調が安定しなくて面会許可が下りなかったんだが、やっと許可が出た。会えないまま往生するんじゃないかと気が気じゃなかった」

賢人はアハハと笑ってアイスココアのグラスに口をつける。

「俺が妻を連れて会いにきたがっていると聞いて、緩和ケアにもあまり協力的ではなかったのが急に協力的になったそうだ。そのおかげで安定してきているらしい。まったく、現金な祖父さんだよ。……優希？」

隣に座る優希が黙っているのでおかしく思ったのか顔を覗きこんできた。

「あまりにも音沙汰がなかったから、俺の祖父さんに会う予定を忘れていたか？」

「そんなことはっ……、よかったな、って、やっと会えるんだと思ったらホッとして……」

顔を向け、慌てて首を左右に振る。賢人は祖父に会えるという話をしているのだから、それに合わせなくては。

――会ったら、結婚生活が終わってしまう……。

そんなことを考えてしまった。

「そうだな。ホッとしたな。やっと、今の状態から解放される」

ズキン……と、心臓に杭《くい》が打ちこまれたかのように痛くなる。

――やっと、今の状態から解放される。

今の状態とは、この一ヶ月婚のことだろう。目的達成のために結んだ婚姻から解放されることに、彼はホッとしている。

早く解放されたいと、思っている――。

「特に変化がなければ、来週の水曜日に会いにいく。六日後だ。俺がちゃんと結婚してるんだってわかれば、祖父さんも安心するだろうし」

気持ちの揺れが大きいが、深刻な顔をしていては賢人によけいな心配をかけてしまう。優希は声が震えないよう意識をして口を開く。

「……お祖父さん、賢人さんはすでに結婚してるって思いこんでいたんじゃなかったでしたっけ？」

それなのに自分に会わせようとしない。そんな思いこみで機嫌を悪くしてしまったら遺言の選択に関わるから、早急に結婚する必要があったのではなかったか。

「祖父さん、俺がすでに結婚してるっていうのは、本当は自分でも半信半疑だったんだろうなと思う。そうだったらいいという願望が、そうなんだという思いこみに変わった」

アイスココアで喉を潤し、ハアッと息を吐いて、賢人は物憂げな表情をする。

「父は、病院の経営には関わっているが医者ではない。正確には医者になれなかった。だから俺は幼いころから祖父に異常なほどの期待をかけられた。自分の血を引いた者が、医者になって病院を継いでくれることが悲願だったんだ。父は医者になれなかった負い目がある。それだから、俺に次から次へと婚約者候補を与えた。しっかりと将来の妻を選んでほしい、結婚して後継者をなして病院を未来へ導けるようにと……」

賢人にたくさんの婚約者候補がいた理由。本当の理由が、やっとわかった気がする。ただ親に与えられ続けたと考えたなら、ずいぶん強引な親だとしか思わない。実際、御園の両親に直接会うまでは、両親にあまりいい印象は抱いていなかった。

厳しくて怖い人たちなのではないか。漫画やドラマでよく観る、頑固で嫌味ったらしいセレブ、そんな人たちだったらどうしよう。

けれど、心の隅で考えていたような人たちではなく、存在感はあるが普通の品のいい両親という雰囲気。いきなり同席した部外者ふたりのほうが、頑固で嫌味ったらしいセレブだ。そのふたりに負けて同席を許してしまった義父と、かかわりたくないとばかりに目をそらしていた義母。

ふたりは、祖父の願いを叶《かな》えるために、早くから賢人の婚約者候補を決めていたのだ。

「お義父さんは……必死だったんですね」

「医者の家系は、プライドをかけて跡取りを医者にする。そのための教育をして、そのための周辺環境、人間関係を整える。生臭い話だが、知らない人間が聞けば呆れるような額の金がかかる。……そこまでされて、医者になれなかった罪悪感は計り知れない。ただ、父には経営の才があった。それで救われたようなものだ」

「それじゃ、賢人さんがお医者さんになったときは、ご両親も喜んだでしょうね」

「泣かれたし、父は張りきって病院の勤務体制改革をはじめた。……俺が、働きやすいようにと言っていた。うちの病院は、医者にも看護師にも無理がかからない独自の勤務時間規定を設けて、それが上手く回っている。父の采配のおかげだ」

賢人が優希の肩を抱く。コンッと頭同士を打ちつけた。

「だから、優希の通院日を昼前にして一緒にランチに行けたり、日勤が終わったあとにデートできたりするんだ。以前は毎日病院に泊まりこんで仕事をしてもいいと思っていたけど、今は勤務時間規定を作ってくれた親父に感謝だな。……って、最近思ってる」

「最近ですかっ。もっと早くから感謝してあげてください、職場が働きやすいって、最高ですよ」

体験上、働きやすい環境にいるというのはとてもいいことだと思うのだ。

「父に言っておく。優希に『感謝しないと駄目です』って怒られたって。泣くぞ、あの人『いい嫁だなぁ』って」

そう言ってもらえるのはとても嬉しいし、喜びたい気持ちでいっぱいだ。しかし、もうすぐ終わる結婚なのに、義父に「いい嫁」と言われて喜ぶのもどうなのかと思う。

もう少しこの話題を引っ張りたい気持ちを抑えつつ、優希は話題を変える。

「そういえば、わたしの通院って……来週で最後でしたっけ」

「来週の木曜日でラストだ。変更がなければ、祖父に会った翌日だな」

祖父に会って賢人の目的も達成したら、翌日には通院も最後。

入籍してから、最後の通院の日でほぼ一ヶ月になる。賢人と一緒にいる理由がなくなるのだから、この日に離婚届を書くことになるのかもしれない。

（離婚届にも、かわいい用紙があるのかな……。ハムスターの次はなんだろう）

もの悲しさを溜めないよう、意識して楽しげなことを考える。目的をすべて達成して、通院も終えて、すべて片づいた形で離婚だなんて。なんて上手くできているのだろう。

「そういえば母さんが、優希がいやじゃなかったら、祖父さんに会って落ち着いたころでもいいから御園の家に遊びにきてほしいって言っていた」

「お義母さんが？」

「多分、優希と仲良くなりたいんじゃないかな。……俺の下に娘が欲しかった人だけど、跡取りが生まれたのに下に子どもがいたら、しっかり手をかけてやれなくなるっていう理由でふたり目は諦めたから。婚約者候補たちを見ても、息子のお嫁さんは同じくらいの歳でシッカリ者をと考えていたのに、十歳も年下のほわっとしたお嫁さんがきたから、話がしたくてそわそわしてるんだと思う」

「そうなんですか……？」

カフェの一件で元婚約者候補の母親たちに上手く対応できず、賢人に助けられて退散してしまったから、てっきり要領が悪いと呆れられていると思っていた。

「カフェでの一件を謝りたいとも言っていたな。優希がどんなお菓子が好きかとかうるさいくらい聞かれた。父さんも、今度はちゃんと四人で食事をしようって考えていた以上に、御園の義両親はつきあいやすい人たちなのかもしれないし、優希は賢人の妻として、認めてもらえているようだ。

――もうすぐ別れるのに……。

「優希」

気がつけば唇を内側に巻きこんでうつむいていた。気にした賢人が顔を覗きこんでくる。

「緊張するのはわかるし、今すぐに会いにいこうっていうんじゃない。それこそ、優希の怪我が全快して落ち着いてからでいい」

――そのころには、もう夫婦ではないでしょう。

出てきそうになるそんな言葉を呑みこんで、優希は困ったように笑ってみせる。

「すみません、そんなんじゃないですよ。お義父さんとお義母さんに、そんなふうに言ってもらえて嬉しいです。ただ……もう治ってるのに、まだ通院しなくちゃならないのかな～って思っちゃって」

ごまかせたかどうかはわからない。けれど賢人は苦笑いをして、肩に回していた手で優希の頭をポンポンと叩いた。

「全治一ヶ月を言い渡した医者としては、最後までシッカリと診て、完治を言い渡したいだろう?」

「一緒に住んでるんだから、もう治っているのは知ってるのに?」

「全身くまなく見てるからね。打撲痕が消えたのも知っている」

恥ずかしいことを言われて、思わずペンッと賢人の胸を叩いてしまった。

「でも、全身見る前に診察の間隔が延びたじゃないですか。木曜が診察で、次が週明け月曜日って言っていたのに。翌週月曜日まで延びたし」

あれは加奈子に会う前日の通院日だった。通院日の間隔が短いと文句を言ったから延びたとも考えられるが、もうひとつの理由も考えられる。

ただその理由は、自惚れともとれるものなので考えないようにしていたのだが……。

「延ばす必要があった。優希の同僚君が身内の見舞いに通っているようだったから、その身内が退院するまで優希を病院に近づけたくなかったんだ」

優希はとっさに手で顔を押さえる。手に持っていたグラスの冷たさが顔の熱を吸い取ってくれる。

――自惚れだと、言えなくなってしまった。

賢人は、やきもちを焼いたのだ。優希と芹原が親しげにしているのを見て。

あのとき賢人は「妻を返してもらっていいかな」と言って優希を芹原から離した。

芹原は驚いたのだろう。スマホに「そのうち話を聞かせて」とメッセージが入っていた。

母のことで悩んでいたのを知っているし、日ごろお世話にもなっている。知っておいてもらったほうがいいと思い「事情は店長に聞いてください」と返した。

その後「頑張れ」とだけ、メッセージが入った。

「優希」

せっかく顔を冷やしてくれていたグラスを取られる。自分のグラスと一緒にローテーブルに置いた賢人に両手首を掴まれた。

「顔を見せて。どうしてかくす」

「赤くなって恥ずかしいから……」

「通院日の話をしていただけだ。赤くなった理由は？」

そんな理由、聞く必要があるだろうか。なんとなく、わかっているのに優希の口から言わせたくて聞いているような気もする。

おまけに口調が甘ったるいのだ。こういう声を出すときの賢人は、見ているほうが蕩《とろ》けてしまいそうな顔で微笑む。

こんなの、よけいに赤くなってしまうではないか。

「……自惚れが……本当だったのかな、って……」

「自惚れ？」

「店のマネージャーと病院で話していて、やきもち焼いたのかもって……。でも、賢人さんみたいな人がそんなこと思うわけないし、自惚れかなって……」

「そのとおり、嫉妬したんだよ」

そのままソファに押し倒される。顔の横で両手首を押さえられた。

「同僚の彼が優希の頭にさわって甘やかした。すごく悔しくて、優希がかわいい顔で笑っているからイライラした。そんなかわいい顔、他の男の前でするなって思った」

「賢人さん……」

なんてことを言ってくれるのだろう。これは彼の本心だと思ってもいいのだろうか。

「嫉妬するのは当然だ。妻が他の男にいい顔をしていたら、ムッとするだろう」

「ご、ごめんなさい」

「優希が謝る必要はない。ムッとするのは相手の男に対してだから。『よくも妻のかわいい顔を見たな』と思うと殴りつけたいほどイライラする」

「殴っちゃ駄目ですよっ」

すごい発言だ。これも、優希を〝妻〟として扱うからこその発言なのだろう。本当に彼は、この結婚生活の最初から最後まで〝完璧な夫〟であり続けてくれる。

――――彼の本心ならいいのに……。

「賢人さんって、なんだか最初のころよりあたりがやわらかくなった気がしますよ。もしかして、わたしと夫婦やっているうちに女嫌いが治ったんじゃないですか？」

「そうか？　そうだと都合がいいな」

機嫌よく言って、賢人は唇を重ねてくる。手首から手を離し、服の上から優希の胸を揉みしだいた。

「賢人、さん……」

戸惑う優希に構わず、賢人は優希のカットソーをたくし上げ、ブラジャーのカップを下げてやわらかなふくらみをさらけ出す。すぐに頂を咥えちゅぱちゅぱと吸いたてた。

「疲れているから……ぁんっ、シないんじゃ……ぁあっ」

「シないとは言ってないけど？　むしろ、優希を抱いたほうが元気が出る」

根拠のない理由のような気もするが、賢人がそう言ってくれているのだし、なにより求めてくれるのが嬉しい。

「よけいに疲れたって知りませんからね」

ちょっと拗ねた言いかたをすれば、賢人はニヤリと笑って優希を起こし、うしろを向かせたかと思うと座面に膝立ちにして背もたれに腕を置かせる。

「そうだな、優希を疲れさせて動けなくしたら、俺が夕食を作ろうかな。なににしよう、優希、なに食べたい？」

「そんな、賢人さんは帰ったばかりなんですから、わたしが作る……やぁんっ！」

話しているうちに腰を引かれ、お尻を突き出した体勢でスカートを大きくまくられた。そのお尻の丸みに、ショーツの上から賢人が噛《か》みついてきたのである。

しかしショーツの上からということもあって、噛みついたというより歯で掻かれているというほうが正解だ。

痛いというより、くすぐったい。くすぐったいというより、掻かれたあとの余韻が強くて……もどかしいものが広がってくる。

「やっ、噛んじゃ、ダメェ……ぁンッ」

「わかった、噛まない」

アッサリ了承したものの、彼はお尻の丸みを揉むように撫でながら脚の付け根に舌を押しつけてきた。

刺激に負けた下半身が、腰をじれったそうに動かしながら脚を広げていく。背もたれの上に置いた腕を小刻みに動かし指でソファを掻いて、優希は喉をそらしてあえいだ。

「ハァ、あっ、やぁ……賢人さ……ん、お尻ぃ……ダメェ」

「仕方がないだろう。優希はお尻も全部かわいいんだから」

「そういうこと言わな……ぁぁあンッ」

賢人の舌が秘裂の上にぐりぐりと押しつけられる。布一枚隔てて与えられる刺激はじれったさがいっぱいで、それがどんどん溜まっていく。

今度は指先がクロッチの上を掻くように動き回る。ショーツはすでにぐっしょりしていて、濡れた布の感触が羞恥を誘った。

「ダメ……も、ぐちゅぐちゅして、る、から……ああっ！」

「そうだな。それなら脱がせてやる」

言ったとおり脱がせてくれるのかと思いきや、布越しに陰核をぐりっと押し潰され、溜まっていたもどかしさが一気に弾けた。

「ああっ……やぁんっ――――！」

膣口がキュンッと疼いて収縮する。腰が攣ったように上がり、ピクピクして止まらない。口から出るのは、小刻みに震える吐息。

「優希、顔見せて」

顎をさらわれ顔がかたむく。顔を覗きこんできた賢人が唇を重ねた。

「すごくいやらしい顔をする。俺の妻はどうしようもなくかわいいな」

「けんとさ、ん……」

「泣くなよ、優希がしてほしいこと、ちゃんとシてあげるから」

ショーツが下ろされていく。すぐお尻の割れ目に熱い塊が押しつけられた。

「ゴムは着けているから、心配するな。さっき優希に風呂に誘って断られたのが悔しかったから、出たら絶対喰ってやると思ってバスルームに置いてあるやつ持ってきたんだ」

初夜以降、避妊具がベッドルームだけではなくバスルームにも置かれるようになった。

「焦らないで風呂に入れるように」らしいが、その発言を考えても、優希は強く思う。

「や、やらしっ、もう、どっちがやらしいんですかっ……あああんっ！」

文句を口にしたとたん、熱塊がずぶずぶと挿入される。軽く達した余韻に物足りなさを感じてうずうずしていた蜜壁が、強棒のこすりあげに歓喜して蠕動《ぜんどう》しはじめる。

「ああ、すまない、そんなに欲しかったのか。かわいそうに、風呂なんてあとにしてベッドに直行すればよかったな」

「そういうこと言わないのっ、ンンッ……あっ、ぁ」

「どうして？　恥ずかしいから？」

「……知ってるくせに……ァッ、ふぅ、ンッ……」

　優希を煽りながら、賢人は彼女の腰を支えてガンガンと熱杭を打ちこんでいく。優希の身体が前後するたびに滑り落ちそうになるスカートをウエストに挟み、肌を打ちつける音を響かせながら腰を振りたてた。

「知ってるよ。優希はね、いやらしいことを言われるとすごく恥ずかしがる。それがかわいいんだ」

「意地悪……ンッ、ん、ですね、ハァ、あっ」

「言われて感じてる自分を認めるのが、また恥ずかしいんだろうな。ほんっとかわいいよ。毎日抱いても足りないくらいだ」

　歓喜する膣壁に興奮してふくらんだ切っ先が、内奥をえぐる。快感の電流がビンビン走ってきて、優希はたまらず背もたれの上を掴んで肘を伸ばした。

「あぁあっ、オク、あたる……ぅンッ！」

　上半身が起きると、カットソーを引っ張られ自然と腕が伸びて脱がされた。ブラジャーのホックを外され、腕から抜かれないまま両胸を大きく揉み回される。

「ああっ！　あっ、ンッ、ダメェェっ……！」

「ほら、下りて」

そのまま身体を引かれ、ソファから身体を落とす。今度は座面に手をついた四つん這いで、うしろから突きこまれた。

「賢人さ、ん、も、ダメ……もぅ、ンッ、ハァ、あっ！」

「優希のナカ、すごく締めつけてくる。イきたくて堪らないんだな」

「だって……賢人さんが……あぁんっ！」

「いいよ、でも、またあとでシような」

ぐうんっと大きく腰を振り上げ、凶悪なほどに蜜窟を嬲《なぶ》る。全身に走る刺激に耐えられず座面についていた手も床に落ち、ラグの長い毛足を爪で掻くように握りながらあえぎ啼く。

「ダメ……もぉ、イク……けんとさぁん……すきっ――――‼」

「……それっ、クるっ」

無我夢中で顔をラグに押しつけ、突き上がってくる愉悦を全身で享受する。達する瞬間、なにも考えられなくなった思考が白くフラッシュし全身が痙攣した。

「あっ……あ……」

声を震わせていると、深く繋がったところで動きを止めた賢人が大きく息を吐く。彼が背中に覆いかぶさってきたので、一緒にうつぶせになって身体を伸ばした。

「……優希……、イくとき、なに言ってるかわかってる？」

「……イクとか……ダメとか……だと思う……。よく、わからない……」

本当に、無我夢中なのだ。賢人からこうして快感をもらえるのが嬉しくて。けれどこれはずっともらえるものではないのだという意識があるせいで、必死になりすぎてなにがなんだかわからなくなる。

軽く溜め息をついた賢人が優希の頭を撫でる。

「俺も、自惚れてるのかな……」

「え……?」

「なんでもない。優希、夕食、なに食べたい？　今夜は俺が作る」

優しく頭を撫でられ、かたむけた顔の頬や目尻にキスをされる。優希は幸せと切なさであふれそうな涙を、ぐっとこらえるしかなかった。


「今日は、帰ったら話がある。待っていてくれ」

翌朝、賢人はそんな言葉と、いつもより長い「いってきますのキス」を残して仕事へ向かった。

当直から帰った翌日なので本当なら休みなのだが、賢人が執刀した患者が退院してから初の通院日らしく、様子を診てあげたいということで午前の外来を担当するらしい。

夕方までには帰ってくるとのこと。

賢人が出ていったドアを見つめ、優希の胸がざわつきはじめる。

帰ってきたら、どんな話をされるのだろう……。

考えようとすると悪いことしか浮かばない。

——離婚の時期について、話をされるのではないのだろうか。

来週、賢人の祖父に会えばすべての目的は達成される。それ以降、ふたりが夫婦でい続ける意味はない。

御園夫人に実家に誘われてはいるが、そのあたりは賢人が上手くやるだろう。賢人とは育った環境が大きく違うのだから、理由はいくらでもつけられる。

考えが合わなくなってきたとか、意見がまったく合わないとか、行動のレベルが違いすぎるとか、馬鹿すぎて一緒にいると疲れるとか。

優希の両親と同じ。——理由は、性格の不一致。

(馬鹿すぎて……はないか。賢人さん、そんな蔑むような人じゃないし。優しいし)

しかしそれも、優希が妻という枠に収まっていたからこそであって、別れて他人に戻るとなればどうだろう。

妻としての扱いに浸りすぎて忘れがちだが、彼は婚約者候補たちの度を超えた積極性や他者を蹴落とそうとする傲慢さに嫌悪感を持ち、嫌気がさして女嫌いに拍車がかかった人だ。

優希の存在だって、妻ポジションから〝その他の女〟ポジションになってしまえば嫌悪する対象になってしまうのではないだろうか。

(賢人さんに……嫌われる存在になる……)

ぞわっと、背筋が冷たくなった。喉の奥から嗚咽《おえつ》が大きな塊になって飛び出してきそうで、優希は両手で胸を押さえてそれを呑みこむ。

――――いやだ……。

賢人に嫌悪される存在になるなんていやだ。

あの優しさを、あの甘さを失うのはつらい……。

治っているはずの脚がズキズキと痛みだす。いっそ治らなければいい。治らなければ、ずっと賢人に関わっていられる。たとえそれが〝患者枠〟でも、医者としての賢人に誠実な優しさをもらい続けられる。

重い足を引きずるようにゆっくりと動かす。キッチンの入り口で立ちすくみ、見開いた目の眼球だけを動かして中を物色した。

――――もし、また怪我をしたら。……大きな怪我をしたら……。

賢人の所有物であるこのマンションの部屋の中で、優希が大きな怪我をしたのなら彼は放っておけなくなる。

同じような生活が、これからも続く……。

——でもそれは、賢人さんが望んでいることじゃない！

心の裡で押し潰されそうになっていた理性が叫ぶ。

ハッと息を呑んだのと同時に、刃物が保管してある棚に伸びかけていた手がピタッと止まった。

「……わたし……」

ガクガクッと顎が震える。全身が冷えて冷汗が噴き出す。後悔と羞恥心が混ざり合ってなんともいえない感情が胃の中でミックスされ、嘔吐《おうと》感に襲われた。

必死にキッチンから逃げ出しリビングのソファに身を投げる。座面の上で虫のように身を縮め、背中を丸めて握りこぶしを震わせた。

「なんてこと……考えてるの……」

自分の我が儘な感情だけで、とんでもないことを考え実行しようとしていた。自分の意思で止められたけれど、一瞬でも自傷行為を考えたなんて。

賢人に自分の存在を意識していてほしくて、気を引きたくてそんなことを考えてしまうなんて。

これでは賢人が毛嫌いした、自分勝手な婚約者候補たちと同じではないか。

「馬鹿だ……本当に馬鹿だ……わたし」

自分のなかに、こんな自分がいるなんて知らなかった。

「賢人さん……」

お互いの目的のために結婚した。だいたい一ヶ月間。それより遅くても早くても、目的を達成するまでの婚姻関係。

十分に納得していたのに……。

賢人は大人だ。それをしっかりとわかって立ち回っている。祖父に優希を紹介したら、彼の目的は達成されるのだ。帰宅してからの話というのも離婚時期の相談で間違いない。

『やっと、今の状態から解放される』

彼は昨日そう言った。

目的のための結婚から解放されて、自由に仕事もプライベートも楽しめる独身に戻りたいのだろう。

それが彼の望みだ。

気づかないうちに涙がこぼれていた。握ったこぶしの甲にぽたぽたと落ちて、その下のクッションに流れてしみていく。

「……アパートの様子でも、見てこようかな……」

ゆっくりと起き上がり洟《はな》をすする。手の甲が濡れているので、手のひらで涙を拭った。

ローテーブルの下に置かれたボックスティッシュに手を伸ばすと、スマホの着信音が響く。

ペーパーを引っ張ってから立ち上がり洟をかみながらダイニングテーブルの上に置いていた

スマホを確認した。

芹原からの電話である。病院での一件があったあとメッセージはもらったが、それから連絡はとっていない。

今の時間は出勤前だろう。なんだろうと思いながら応答した。

「おはようございます。御園で……布施ですっ」

最近やっと御園姓に慣れて、普通に口から出せるようになっていた。しかし相手は芹原だ。事情があって結婚したことを店長から聞いてはいるだろうが、職場の仲間に対して使うには照れが残る。

『なんだよ、無理すんな。わざわざ言い直さなくてもいいから』

聞こえてきた芹原の声は明るい。ハハハと笑ってからトーンを落とした。

『今、大丈夫か？　イケメンの旦那は？』

「あっ、もう出勤したので……」

『そうか、じゃあ、話しても大丈夫だな』

「なんですかそれ、いたって……」

賢人がいても大丈夫、と思ったが、病院で芹原が牽制《けんせい》されたのを思いだした。

一応、まだ夫婦なのだ。親しい男の同僚から妻に電話、というのも〝やきもち〟の原因になるだろう。

「出勤前ですよね、どうしたんですか?」

『今日、店にこられるか?』

「店に?」

『店長が、話がしたいって。あっ、もちろん、まだ休職中だから、ついでに働いていけとかそういうことは言わないから、安心しろ』

脚はよくなっているし言われてもいいのだが、賢人との話し合いがあるし、よけいな行動は避けたほうがいい。

店に行くなら、出勤をはじめる日に関して相談するのもいいかもしれない。

『布施』

つい考えこんで反応がなかったせいか、芹原の深刻そうな声が響く。

『おまえ、なんで泣いてたんだ?』

返事をしようと開きかけた口が止まる。応答したときに泣き声だったわけではない。なぜわかるのだろう。

『なにかあったのか? 結婚……事情があってしてるって聞いたけど、上手くいってるのか? まさか、暴力とか……』

「ないです! そんなの全然ない! 大事にしてもらってます!」

とっさに叫ぶ。賢人に関しておかしな誤解をされたくはない。

優希がムキになったせいか、芹原が黙る。彼は心配してくれているのだ。ムキになるよりちゃんと説明しなくては。

しかし、先に口火を切ったのは芹原だった。

『なんだよ、惚気か〜』

苦笑いが聞こえる。優希は「すみません」と謝ってから控えめに尋ねた。

「どうして……泣いてたなんて思ったんですか？」

『泣いたあとみたいに声がかすれてたから』

「そんな声してました？　わかるんですか？」

自分ではよくわからない。湊もかんだから泣き声で詰まっていたわけではないはずだし、泣きわめいていたわけではないから声が嗄《か》れているわけでもない。

『気にかけて見てる子のことがわからないほど、鈍くないぞおれは』

「頼もしいです。さすがマネージャー。でも、本当に大丈夫ですよ。ＳＮＳで観た動画が感動系で、鼻水たらして泣いちゃったんで」

『あー、布施っぽい』

ふたりでアハハと笑う。そのあと、正午過ぎに店に行く約束をして通話を終えた。

スマホをダイニングテーブルに置いて、大きく深呼吸をする。

賢人に妻として扱われ、その甘露に浸りきっていた。

そこから引き上げられてしまうのがつらくて感情が乱れたが、陸に上がっても優希にはやるべきことも戻るべき場所もある。

また【ファミパラ】のクルーに戻ればいい。アルバイトから正社員になった、大好きな職場だ。またあそこで頑張ろう。

職場環境はいいし、バイトの学生もパートの奥さんたちもいい人ばかり。葉月からはときどきメッセージがきて、店や常連の様子などを教えてくれる。

それに、あと二週間ほどで、優希をイベント担当に指名してくれた茉菜のお誕生日パーティーだ。

優希が一緒にお祝いしてくれることをとても喜んでいた。

こんなことで立ち止まっていてはいけない。優希だって、これからのことをしっかりと考えていかなくてはならないのだ。

賢人だって、これからのことを考えはじめているだろう……。

もう一度深呼吸をする。

吸いこんだ息が嗚咽に負けそうになるのを知らんふりして、まずは泣いた顔を洗おうと洗面室へ走った。

店へ行く前にアパートにも寄った。

もう間もなく、またここでの生活が始まる。冷蔵庫などはほぼカラにして出てしまったので、初日の買い物は多くなりそう。

マンションにいると快適すぎてまったく意識していなかったが、夏に部屋を閉めっきりにしているのだからアパートの室内は乾式サウナだ。

部屋にいるあいだはクーラーを全開にして、ホコリ落とし程度に掃除もした。少し手をかけておけば戻ってきたときに楽だ。

郵便物を溜めないように何度か取りにはきていた。郵便受けはドアの横にあるので、鍵を開けて郵便物だけ持っていっていたため部屋には入っていない。

マンションへ移るときには、着替えや日用品は当座のものだけを用意して、足りなかったら取りにこようなんて思っていたのに。けっきょく取りにくる必要はなかった。

足りなくなかったわけじゃない。

賢人が補充してしまったからだ。

『ほら、優希に似合いそうなの、買ってきた』

ツラッと真面目な顔でブラジャーのセットを出されたときには、どうしようかとしばらく動けなかったくらいだ。

『妻が身に着けるものを、夫たる俺が購入してなにか問題があるのか』

堂々と言われては返す言葉がない。また、センスがいいから文句も言えず……困ってしまう。

困りながらも嬉しくて、楽しくて、――この結婚が、一ヶ月で終わるものだということを忘れようとしていた気がする。

クーラーの涼風にあたりながらハンカチで汗を拭う。少し掃除をしたら汗をかいてしまった。

――次にこの部屋に入るのは、賢人と別れて、ひとりに戻ったときだろう。

しんみりとそんなことを考えながらクーラーを切り、部屋を出る。

これから店に顔を出すのだから、こんな辛気臭い顔をしていては駄目だ。両頬をパンパンと叩きバス停へ向かった。

賢人の祖父に会い、優希の通院が終わって、離婚が成立したら仕事を再開させる。早くて一週間後から出られると伝えればいいだろう。

「よしっ、頑張るぞ」

気合を入れたつもりなのに、その声は優希のなかで空回りした。

＊＊＊＊＊

「お疲れ様。午前の診察は終了？」

賢人が診察室でカルテのデータを確認していると、佳織が顔を出した。

「今日はこれで終わりでしょう？　明日は休みだっけ。奥さんとデート？」

冷やかし口調でデスクに缶コーヒーを置く。どうやらお疲れ様の差し入れらしいが、佳織はこういうときいつもひと言多い。まるで「軽口叩くけど差し入れするから許してね」と言われているかのようだ。

「明日は、ではなく、今日、これから明日までデートだ」

一度帰ってから改めて出かけようと思っていたが、優希が休職中の店から呼び出されたと連絡があった。そろそろ一ヶ月だし、いつから出られるかの話かもしれない。

それなら待ち合わせをして、そのままデートに突入でもいいかと考えている。

「なにその意味深発言。ムカつくわ～。これだから新婚は。せっかくねぎらってあげようと思ったのに、差し入れやめようかな」

一度置いた缶コーヒーを引っこめるが、少し考えて再び置いた。

「やっぱりあげる。迷惑料」

「南川目当ての男性患者を俺が担当してやってるからか？」

「それに関しては絶大に感謝してるから、今度缶コーヒーひと箱持ってくる」

どうせくれるならココアがいいなと思いつつ口をつぐむと、佳織がハアッと大きな溜め息をついた。

「迷惑料のことだけどさ、もお～、なんで言わないの？　うちの母、御園のおじ様おば様にゴリ押しして、賢人の奥さんに嫌味言うためにわざわざお茶会の席に出向いたんだって？」

「……そういえば、そんなこともあったな」

「ボケるのはまだ早いよっ、御園センセっ」

強い口調で言ってから再び溜め息をついた佳織は、腕を組んで苦々しい表情をした。

「昨日、久しぶりに実家に行ってさ、その話を聞いて冷汗ダラダラだったよ。なんてことしてくれるんだ、御園のおじ様相手にそんなことして、私がクビにでもなったらどうしてくれるって思った」

「クビになったら、実家の病院で働けばいいだろう」

「絶対いやっ」

あまりに力強く否定するので、賢人はついクスッと笑ってしまった。

「母はさ、私がこっちの病院を選んだことを『賢人さんのそばにいたいから』と考えているみたいだけど、単に働きやすいからに決まってるじゃない。院内環境も勤務体制も、実家の病院とは天と地の差がある。医学部にいたときから、絶対に実家の病院にだけは行かないって思ってた。まあ、だから、そのコーヒーは迷惑料」

「安い迷惑料だな」

「じゃあ返して」

「断る」

缶コーヒーを手に取り、さっさと口を開ける。半分ほど一気飲みをしてからブラックコーヒーだったと気づき、優希と一緒に飲む甘いココアが恋しくなった。

「奥さんのぶんは、次の診察のときにでも渡すから、受け取るように言っておいて。あの奥さんは『受け取れませんよ、そんな、申し訳ないです』とか遠慮しそうだから」

間違いない。両手と首を同時にぶんぶん振りながら遠慮しそうだ。

「言っておく。でも南川からそんな申し出があったなんて知ったら、妻が目を丸くして驚きそうだな。信じてくれないかもしれない」

「信じてもらってよ。かえって私は、賢人が自分で結婚相手を見つけて入籍したことに、すっごく安心したんだから。昔っから女に興味がないっていうか、恋愛に興味がないっていうか、御園のおじ様やおば様がかわいそうなくらいの親不孝な長男だったからね」

「言いすぎ」

「言いすぎじゃない。賢人はこの病院の跡取りなんだよ。病院の未来を託された人間だ。それなのに結婚して次の世代を儲《もう》けることを考えない。これのどこが親不孝じゃないって」

確かにと思いつつ、佳織のお説教を笑ってかわす。優希に説明したときに自分でも口にしたが、医者の家系、特に開業医の家系はプライドをかけて子供を医者にしようとする。父親の執念もあって、御園家も例外ではなかった。

みその総合病院の未来を担う者として、そういう考えかたをすれば親不孝ではあるのかもしれない。

「いつまでもそうやって親不孝を続けるなら私が結婚してあげるよ、くらいの気持ちで婚約者候補のままでいたけどさ。賢人が自分で相手を選んだこと、本当によかったなって思ってるんだよ」

「そうなのか？　いつまでも候補から降りないから、ここを乗っ取ろうとしているのかと警戒していたのに」

「本気で言ってる？　馬鹿なの？」

「本気なわけがないだろう。馬鹿はどっちだ」

「ヤな男～、結婚してあげなくてよかった」

嫌味の言い合いではあるが、賢人に悪気はないし佳織も楽しげに笑っているので軽口を叩いているだけだとわかる。

佳織が婚約者候補になったまま辞退しない理由は、なんとなく見当がついていた気はする。

医者になるため、ともに切磋琢磨した仲間。そんな賢人が親不孝をしてとうとう窮地に立たされたら、結婚してあげよう。そんな仲間想いな気持ちももちろんあっただろう。

だが彼女だって、婚約者候補の看板を背負っていれば実家の病院を勧められなくてすむし、早く結婚しろと両親や親族に急きたてられることなく仕事に集中できる、というメリットを利用していたのではないか。

婚約者候補、という立場に縛られていたようで、実はその立場を利用していた。佳織らしいやりかただ。

「なんにしろ、南川がうちの妻を認めてくれているみたいでよかった。大切な妻を、大切な仲間に受け入れてもらえるのは嬉しい」

「ちょっ、……しおらしいこと言わないでよ、ガラじゃないよ、気持ち悪いっ。でもさ、最初は警戒したんだよ。他の婚約者候補たちみたいに、『顔がいい』だの『エリートだから』だのくだらない理由でくっついてきたんじゃないかって。だからちょっと牽制したことはあるんだけどね。逆に惚気られた」

口は悪いが、どこか慌てつつ表情を引きつらせている。――佳織が照れるのは、レアかもしれない。

「賢人の奥さん、チマチマしてかわいいし、看護師たちにも評判いいんだよ。最初は〝イケメン外科医で有名な御園先生〟の奥さんだってことで睨まれていたはずなのに、二回三回と通院してくるうちにいつの間にか看護師たちと仲良くなってたからね。人に好かれやすい子なんだろうね、いいことじゃない」

照れつつ褒める。クールビューティーで名高い南川医師の、非常にレアな一面だ。

そんな珍しすぎる表情をスンッと落とし、佳織の声が慎重になった。

「でも、誰もがそうだとは限らないから、気をつけたほうがいいよ。賢人が結婚したことで婚約者候補たちは全解除されたけど、……樽谷氏のご息女、執着度が高かったし、奥さんの怪我だって樽谷美沙が原因なんでしょう。絶対嫌味のひとつも言いにくる気がするんだ」

警戒すべきだとは感じていた。樽谷夫人の行動も夫である樽谷氏に報告済みなので二度と下手なことはできないとは思うが、娘の問題は残っている。

「今日はこれから妻に会うから、気をつけなさいって南川が親切に注意してくれたと言っておく。きっと喜ぶよ。今度会ったら、優しくしてやってくれ。ありがとう」

「だからっ、もうっ、ガラじゃないってばっ。はい、お疲れさんっ」

照れがピークに達してしまったのかもしれない。佳織はドクターコートを翻してさっさと通路の向こうに消えてしまった。

……耳まで真っ赤だったのは、見なかったことにしておこう。

「樽谷美沙か……」

問題の人物の名を呟きつつ時計に目を走らせる。

そろそろ、優希が店に顔を出す時間だ。

＊＊＊＊＊

――アパートを出てから一時間後、優希は、心の中が空洞になっていた。

なにも考えられなかった。

店に顔を出し、そこで店長からされた話は、退職を検討してくれというものだったのだ。

本部の重役と懇意にしている会社のご令嬢に、優希がとんでもない迷惑をかけた。おまけに自分の怪我をそのご令嬢のせいにして治療費まで出させた。そんな素行が悪い社員は即刻解雇しろと通達がきたらしい。

従わないのなら、店長及びクルーを指導する立場にある芹原も、解雇の対象にするという。

「……むちゃくちゃだよ……なにそれ、こっちの言い分、なにも聞いてないくせに……」

気が抜けた声で呟きながら、従業員用の出入り口を出て数歩歩く。足を進められないまま立ち止まっていると、いきなり肩を摑まれた。

「布施っ！」

芹原だ。厳しい顔をしている。話し合いの席には芹原もいた。場の空気がつらくて「わかりました」と退室してしまった優希を、追いかけてきてくれたのだ。

「おまえ……絶対に辞めるとか言うなよ⁉　なんかの間違いだろう⁉　なんかヤバいやつに絡まれてるだけだろう⁉」

涙が出そうになる。同期として、マネージャーとして、こんなにも優希を思ってくれている。

なんていい上司なんだろう……。

「ありがとう……ございます、芹原さん。でもたぶん、わたしがなにか言っても無理なんだと思うし」

「無理とか、そういう問題じゃない。おまえが、そんな解雇されるくらいの迷惑やなにかを他人にするやつじゃないってことは、おれも店長も、バイトのころからおまえを見てきて、いやってほど知ってんだよ！　この仕事が好きなんだろう？　じゃあ負けんな、おれも一緒に抵抗してやるから、店長と三人で本部に行って説明して……」

「ありがとうございます！　もういいんです！」

芹原よりも声を張り、優希は肩を摑む彼の手を振り払う。

向かって、頭を下げた。

「……ありがとうございます。そのお気持ちだけで、十分です。本当に、芹原さんには……お世話になりっぱなしで……」

本部には、店長と芹原が呼ばれたらしい。店長よりも先に芹原が「布施はそんな道徳観念のないクルーではありません」と庇ってくれたという。店長も「バイトのころから真面目な子です」と説明してくれたそうだが、無駄だった。

「退職届は、早いうちに持参します。もし郵送のほうが店にご迷惑をかけないようでしたら、ご連絡ください。失礼します」

優希がごねれば、店長や芹原に迷惑がかかる。それだけは避けたい。素早く踵《きびす》を返し速足で歩きだした。

とんでもないことになった。けれど、どういうことかは見当はつく。

樽谷美沙だ。

賢人の元婚約者候補で、ストーカー並みに彼に執着し、優希が怪我をする原因を作った女性。

両親にはかわいがられているのだろう。母親の話を聞けば猫かわいがりしている様子が窺える。おまけに娘を美化しすぎているきらいもあった。

父親に頼んで手を回したと考えるのが妥当だ。怪我をした状況に関しては賢人が美沙の父親に説明をしたらしいが、賢人の話より娘の話を信じたということだろうか。

それとも、婚約をないものにされた、ささやかないやがらせだろうか……。

「そんなことしなくたって……どうせ別れるのに……」

呟いた言葉が悲しい。今日は涙腺が弱いようで目頭が熱くなってきた。

地下鉄の出入り口が近くなってきたので、下りる前に不覚にも浮かんでしまった涙を拭こうと立ち止まりハンカチを出そうとする。

するといきなり、その腕を摑まれた。

驚いて振り向くと、――息を切らせた芹原が立っている。

「芹原さ……」

「なんで泣いてるんだよ……。今朝もそうだ。今回のことと、今朝泣いてたこと、なにか関係あるんじゃないのか？」

「そんなことは……」

「おかしいんだよ。どうしておまえが、そんなどこぞの会社のお偉いさんの娘に恨まれるようなことになってるんだ。そんな人間に縁なんてないだろう。絶対おかしいんだよ、いきなり結婚して、あんな医者の旦那なんか……」

芹原の追及に言葉が出ない。急に言葉を止めた彼は、目を見開いて優希を見た。

「……もしかして、急に結婚したのって……布施のお母さんに関係あるのか……？」

悟らせてはいけない。そう思うのに表情が動いてしまった。きっと情けない顔をしてしまったのだと思う。芹原の表情が、奥歯を嚙みしめた悔しげなものに変わった。

「どうして……おれに相談しなかったんだ……」

優希の両腕を摑んで、芹原は力強く訴える。

「お母さんを、納得させるためだったのか？　だからあの医者と短期間の結婚なんてしたのか？　それしか考えられない。おまえ、男とつきあってる気配なんかなかったし」

店長や芹原は、優希の事情を知っていた。昔、父と離婚した母親がいきなり現れたこと、家族になって海外に連れていきたがっているということ。芹原に「結婚するとでも言ったら諦めてくれるかな」と口走ったこともあった。

彼はそれを覚えているのだ。それだから、この状況を考えて見当がついたのだろう。

「それがどうして怪我に繫がったのかとか、あの医者と結婚するきっかけになったのかはわからないけど、そんな、誰かに恨まれるような結婚を選ぶくらいなら、おれが……！」

「あらやだぁ、仲がいいのね」

近くで聞こえた声は、間違いなくこちらに向けて発せられたものだった。

なんか揉めてるのかと目を向けるだけの通行人が芹原と優希を素通りしていくなか、その声の主はふたりの真横で立ち止まる。

「不倫現場、みーちゃった。ママが言ってたけど本当だわ。母親と同じことしてるんじゃない。賢人さんがお気の毒」

「あなた……」

優希は目を見開く。——美沙だ。ふたりの顔を覗きこみながら、面白そうに笑っている。

「おかしなことを言わないでください。彼はただの上司です。真面目で部下思いで、わたしが解雇されそうだから、心配してくれているだけですよ」

芹原の手を振り払い、優希は美沙と向き合う。言葉が気に喰わなかったのか態度が気に喰わなかったのか、美沙は腕を組んでしかめっ面をした。

「はぁ？　まだクビになってないの？　なにやってるのよ、馬鹿じゃない？　おじさまに言うわ、あんたの上司も店長も、みんなまとめてクビにしてやる」

「君……！」

「わたしは辞めるつもりです。そこまでしなくていい」

美沙の態度で、優希がクビにされる原因が彼女であることを芹原は悟ったのだろう。しかしここで彼が口出しするのは非常によろしくない。

正論で説得にあたっても、言われれば言われただけヘソを曲げるに違いない。逆らった、と。

しばらく優希を睨みつけ、美沙は口角を上げる。

「なに言ってるの。そこまでしなくていい？　なんであんたが私に指図するのよ。ふざけるんじゃないわ底辺女が、生意気に」

あまりにひどいもの言いに芹原が動きかけるが、優希は腕を彼の前に出して止めた。

「布施……」

「お店に戻ってください。この人は、わたしに話があるんです」

「だが……」

「あらあら、旧姓呼び？　いいわねぇ、そうよ、下級な人間同士でくっついていればいいのに、欲張るからこういうことになるのよ」

美沙は組んでいた腕を今度は腰に当て、顎を上げて優希を見くだす。

「さっさと賢人さんと別れなさい。あんたみたいな女に見合う人じゃない。わからないの？　馬鹿にもほどがある。上司だの店長だの、カースト最下位レベルのあんなちっさい店、庇ってどうするのよ。ほんっと馬鹿みたい。笑っても笑い足りないくらいの馬鹿。賢人さんと別れたら許してあげるって言ってるのに、わかんないの？」

「わかりません」

優希は静かな声で返す。

初めて会ったときから美沙が自分勝手な我が儘な女性なのはわかっていた。けれど、ここまで狡猾で傲慢なさまを見せられると、――哀れにさえ思えてくる。

彼女を見ていると、賢人が女嫌いになった理由がわかる。レベルはいろいろだろうが、こういった女性たちが自分をめぐってマウントの取り合いをしていたのなら、女性というものに辟易するのは当然だ。

「あなたがやっていることは、無駄なんです。たとえわたしが賢人さんと別れても、賢人さんはあなたを選ばない。自分の失態をごまかすために人を陥れるような人間に、賢人さんは心を許しません」

「うるさい！　馬鹿女!!」

耳に痛い金切り声だった。駅から出てきた人が一瞬足を止めてしまうくらい。しかし、さらに驚いたのは怒り心頭とばかりに顔を真っ赤にした美沙が、優希の身体を力任せに突き飛ばしたのだ。

——地下鉄の出入り口側、下り階段に向かって。

（あ……落ち……）

同じように美沙に突き飛ばされて階段から落ちた日のことがフラッシュバックする。あれも、この階段だった……。

そして、あのとき助けてくれたのが——。

「優希!!」

賢人の叫び声が響く。かたむいた身体を引き戻すように力強く腕が引っ張られる。目の前に、厳しい表情の賢人の顔があった。

「賢人さ……！」

そのとき、強い力で優希の身体が放り投げられたのだ。

「きゃっ！」

「布施！」

優希を受け止めたのは芹原だった。しかしそれと引き換えるかのように……。

「賢人さん――!!」

賢人が、落下した。


階段から落ちかけた優希を摑んだのはいいが、かなり無理な体勢をとった賢人はふたりとも落ちると悟ったのだろう。

優希だけでも助けるために彼女を放った。そしてそのまま落下してしまったのだ。

芹原が救急車を呼び、すぐに駆けつけた救急隊員が賢人と顔見知りだったこともあって、彼はみその総合病院へ搬送された。

その間、美沙は青くなって震えるばかりでなにもできなかった。「わたしのせいじゃない、わたしのせいじゃない」とおびえていた彼女は、「あんたのせいだよ！」と芹原に怒鳴られ、腰を抜かしてしまったのである。

賢人の妻ということで、優希は一緒に救急車に乗って病院へ向かった。あとで連絡をする約束をして、芹原は店に戻ったのである。

外傷はそれほど見受けられなかったものの、賢人は救急車の中で意識がなかった。

骨折したのか頭を打ったのか。わからないまま病院に到着し検査に入ったのである。

検査が終わるまで、優希は家族用の控え室で待機した。

(賢人さん……死なないで……やだ、やだ、死なないで……!)

そんなことばかりを考えて祈る優希が、病室に移された賢人にやっと会えたのは、搬送されてから二時間後だった。

病室に案内し、説明をしてくれたのは佳織である。

「かすり傷と打撲です。頭部や骨に異常はありません」

夕日が射す静かな個室の中で、優しい女性医師の声が響く。

佳織のこんな声は初めて聞く。賢人の妻だと知る前に話しかけてきたときだって、こんなに優しげなトーンではなかった。

もしかしたら彼女も、人をカテゴリ分けして対応を変えているのかもしれない。今の優希は、どんな枠に入っているのだろう。

患者の家族、だろうか。それとも……。

「ああ、そういえば、いつぞやは私の母がずいぶんと失礼をしてしまったそうで。ごめんなさいね。私よりも、婚約者候補の話に必死だった人だから……。もうあんなことがないように言っておいたので」

「そんな……、すみません、わざわざ」

「父からもきつく言われたし、もう出しゃばっていかないと思うから安心してください」

「はい、……ありがとうございます」

なんて返したらいいものか。まさか、謝られるなんて思わなかった。

「旦那さんは目に見える大きな外傷はなかったけれど、とても大きな怪我をしているから」

「えっ！　怪我⁉」

異常はないと言っていたのに。いきなり大きな怪我とはフェイントすぎる。

「あの、怪我って、どんな……」

「それはね、本人に聞いて。じゃ、失礼しますね」

「は……？」

一番聞きたいことを伝えないまま、南川医師退室。呆気にとられる優希ではあるが、ひとつ、嬉しいことがある。

優希は、佳織にとって〝同僚の家族〟という枠に入れてもらえているのかもしれない……。

ほんわりするのも束の間、大きな怪我とはなにか気持ちがそわそわしだす。

外傷はそれほどでもなく、頭部にも異常は見られない。それならどこにそんな大怪我があるというのか。

（もしかしてもともと大きな病気をかかえていたとか？　それじゃ怪我とは言わないか。なんだろう、わからない。わからないけど……すごく心配！）

ベッドの横で椅子に座り、身を乗り出して賢人を見つめる。

相変わらずの綺麗な顔。彼の寝顔ももうすぐ見られなくなる。そう思うと寂しくて胸が痛い。

賢人がシッカリと先のことを考えているのだから、優希も前向きにならなければ。そう自分に言い聞かせて決心したはずなのに。

やはり彼の顔を見ると愛しさで気持ちがゆるむ。胸が彼でいっぱいになって、苦しい。

「賢人さん……」

もう泣きたくないのに、涙が出る。抑えきれずにあふれてくる想いが、涙と一緒にこぼれていった。

「ごめんなさい……わたし、いやです……。賢人さんと、離れたくない……。一ヶ月たったら、お互いの目的を果たしたら、離婚して元に戻るって納得して結婚したのに……、別れたくない……。賢人さんと、……夫婦でいたい」

言葉にすればするほど、胸を締めつける想いは軽くなるどころか強く苦しくなる。賢人を想う気持ちがパンパンに膨らんで、逆に呑みこまれてしまいそうだ。

「好き……です。こんなはずじゃなかったのに……。大好きです……」

「……やっと、言ってくれた」

聞こえるはずではない声が聞こえて、ビクッと身体が跳び上がる。椅子が大げさなほど大きな音をたててしまい、自分の驚きようを自覚して恥ずかしくなった。

いつの間にか賢人が目を開けて、優希を見つめている。

「それが聞きたかった。いや、聞いてはいたんだけど、イクときじゃなくて、優希が普通の状態のときに聞きたかったんだ」

「普通の……」

イクときとは、なんのことだろう。ときどき賢人が「イクときなに言ってるかわかってる？」と聞いてきたが、もしや無意識に心の裡を洩らしていたのだろうか。

（え？　まって、すんごく恥ずかしいんですけど！）

優希が恥ずかしさに目を白黒させているうちに、賢人は上半身を起こす。彼は大きな怪我をしているというし、寝ていたほうがいいのではないのか。

「賢人さん、大怪我をしているって南川先生が言ってました。起き上がらないほうが……」

「大怪我？　うん、してる。かなりひどい。……ひとりでは、生きていけないくらい」

賢人の眼差しが甘い。絡んだ視線を外せないまま、優希は慎重に尋ねる。

「どのくらいで……治るんですか？」

「全治、一生」

「一生……」

「優希がいないと、心に傷ができてどんどん蝕《むしば》まれていく」

賢人が両腕を優希に向けて差し出す。まるで「おいで」と言っているかのように。

「好きだ、優希」

優希を直撃する言葉。

信じられないと感じつつもマグマのように湧き上がってくる喜びに身体が跳ね上がり、迷うことなく賢人の腕に飛びこんだ。

「賢人さん……どうしよう……どうしよう」

戸惑いを口にしながら賢人にしがみつき、彼の胸に顔を押しつける。そんな優希を、賢人も強く抱きしめた。

「どうしよう……嬉しい……。すごく、嬉しい……」

全身の血液が、細胞が、歓喜しているのがわかる。嬉しすぎて踊りだしてしまいそう。

「なんだか、ヘンなものでも飲んだみたいにウキウキして……、今なら空だって飛べそう」

「空か、それなら俺も一緒に飛ぶかな」

楽しげに笑う賢人に顔を向ける。視線が絡まり、見つめ合った。

「俺だって、別れたくない。優希と夫婦でいたい。ずっと。今日、帰宅したら話があるって言っただろう。――優希に、プロポーズしようと思っていたんだ」

「プロポーズ……」

「していないだろう？　結婚してるのに」

ちょっとはにかむ賢人の表情がくすぐったい。かわいいとさえ思えてしまう。

「結婚を決めるとき、言われたような気はしますけど……」

目的が一致して、これはもうお互いを利用するしかないという状況で賢人が「結婚しよう、俺と」と言った。

そんなことあったっけと言いたげに眉をひそめた賢人だったが、自分が言ったことを思いだしたのだろう。すぐに注釈をつける。

「あれは提案だ。プロポーズとは違う」

それに関しては同意である。どうせなら、お互いの気持ちが通い合ったこのタイミングでプロポーズされるほうが嬉しい。

「実はプロポーズ用に部屋も取ってあるんだ。ラグジュアリースイートルーム。壁一面に広がる夜景が絶景らしい。シャンデリアが豪華で、明かりを抑えるとムード満点だそうだ」

説明を聞いて、優希はプッと噴き出してしまった。

「最初のころから感じていたんですけど、賢人さんって、ロマンチストですよね」

「ロマンチスト？」

「はい、ほら、入籍する日、結婚指輪を選んだじゃないですか。わたしは、そこまでしなくてもって思ったんですけど賢人さんが『夫婦だから当然』って言って。同居するっていう話のときも『夫婦だから当然』って。入籍して夫婦になる瞬間に立ち会いたいだろうって言ってくれたり、婚姻届がかわいかったり。おまけに、今はプロポーズ用のお部屋を取ってあるとか」

「いやか？」

小首をかしげてふわりと微笑む。

軽く笑んだだけなのに、綿菓子みたいに甘い。

「いやなわけ、ないじゃないですか」

そんな表情をされたら、堪らなくなる。優希が自分から唇を触れさせると、賢人が強く吸いついてきた。


佳織が言ったとおり、賢人の怪我はかすり傷程度。処置にあたった看護師たちには、よっぽど落ちかたがうまかったのかと笑われた。

もちろん入院をするまでもなく、ふたりで賢人が用意してくれたというホテルへ向かったのである。

賢人の車は【ファミパラ】の駐車場に置きっぱなしだったらしいのだが、処置室に入ったときにはすっかり意識もはっきりしていて、病院のタクシー乗り場に待機している運転手に運転代行を頼み車を持ってきてもらったらしい。

移動する車の中で、彼はいろいろと説明してくれた。

「階段から落ちそうになった優希を引っ張ったとき、かなり無理な体勢で突っこんだから、これは俺も落ちるなとは覚悟していたんだ。だから、最小限身体にダメージがこないように意識して落ちた」

そんなことができるものなのだろうか。とはいえ、世の中には階段から落ちる演技をする役者だっているのだ。きっとそういう落ちかたがあるのだろう。

医者ゆえに人体に詳しいだろう賢人になら、怪我がないよう考えて落ちたと言われても納得できる。

「落ちても意識はあったんだ。ただ、ここで意識がないということにしておけば、樽谷の娘を断罪するときに都合がいい。実際、腰が抜けて動けなかっただろう?」

ガタガタ震えていた美沙を思いだす。数分前に優希を罵倒して居丈高に振る舞っていた人物とは思えないありさまだったのを覚えている。

「父親である樽谷氏には事の一部始終を連絡済みだ。なにかしらの対応はするはずだから、それを待とう。まあ、今回は俺が階段から落ちて救急車まで呼ばれる場面を目の前で見ているんだ。娘のほうも下手な嘘も小細工もできないだろう」

母親の話では、優希が階段から落ちたのは本人の不注意だけれど美沙が情けをかけてやったんだと、かなり事実が歪曲されて伝わっているのが窺えた。

今回は相手が賢人だ。美沙もおかしな言い訳はできないだろうし、父親も庇いきれないだろう。

「ところで……どうして賢人さんはあそこにいたんですか？　おまけに車を【ファミパラ】の駐車場に停めていたって言ってましたけど、店になにかご用事でも……、あっ、もしかして、わたしを迎えにきてくれていたとか……」

「大正解」

速攻で肯定された。

「店に行くって言っていた時間に病院を出たから、もしかしたら急げば間に合うんじゃないかなと思って行ったんだけど、優希は出たあとだった。ついでだから、店長に挨拶したら、謝られたんだ」

「謝られた？　もしかして、退職を言い渡したからですか？」

「店長もつらい立場だ。庇いきれず申し訳ありませんって。話を聞いてすぐに誰の差し金かわかったから、店長に心配しなくてもいい旨を伝えて優希を追いかけた」

「それだから賢人さんが駆けつけてくれたんですね。助かりました、ありがとうございます。あの地下鉄入り口って、前にわたしが落ちたところですよ。二度も助けてもらっちゃってすみません。気をつけます」

「落ちたのは優希のせいじゃない。できるだけ、俺が知らないところで落ちないでくれよ。

助けられない」

「落ちたくないですっ」

強く言ってから、控えめに不安を口にする。

「わたし……どうなるんでしょう。やっぱり、仕事は辞めなくちゃならないんでしょうか……」

「優希が悪いわけじゃない。店長も辞めさせたくないと言っていたし、樽谷氏のほうから早急に働きかけがあるはずだからすぐに誤解も解けるだろう」

ポンっと賢人の手が頭にのる。赤信号で車は停止中。束の間、頼もしい瞳に見つめられ元気が出た。

「はい」

素直に返事をすると賢人も微笑み、信号が変わり車が走りだす。

「ところで、賢人さんはずっと意識があったんですよね」

「あった。意識不明のフリが長かったから、怒っているのか？」

「怒ってないですよ。ハラハラして心臓には悪かったんですけど。意識があったならわかっているかと思うんですけど、……南川先生がすごく優しくて……嬉しかったです」

「嬉しかった？　優希に意地悪をした母親の娘だけど？」

「関係ないですよ。……南川先生は、賢人さんの仕事仲間じゃないですか。大切な同僚だと思うから……できれば、わたしは仲良くしたい……。賢人さんの奥さんになったことを、本当は恨まれているのかもしれないけど……」

「恨んでない。むしろ喜んでくれている」

意外な言葉、けれど心の靄に陽が射しこむような心地よさを感じて賢人に顔を向ける。

彼の横顔はとても素敵で、嬉しそうだ。

「彼女も仕事をしたいがために、婚約者候補っていう立場を利用していたところがある。俺が自分で結婚相手を見つけたことを喜んでくれた。今度会ったら、母親の迷惑料って名目でコーヒーを奢ってくれるから受け取ってやってくれ。あっ、ブラックかもしれないから、ココアにしろって言っておく」

「ブラックでもなんでもいいです。喜んで飲みますっ」

心が浮き立つあまりそう言ってしまったが、……飲めるかは謎だ。

ホテルに到着したころ、あたりはすっかり薄暗くなり夕焼けの名残がわずかに漂っているのみだった。

「わぁっ……すごい、綺麗……」

その景色を、優希は上層階のラグジュアリースイートルームで見た。

天井まで高さのある窓がリビングの壁一面に広がっている。そこから見えるのは、オレンジ色の夕焼けが徐々に暗闇に呑みこまれていく、暮色蒼然《ぼしょくそうぜん》とした風景。

蒼い闇と混じり合うオレンジのグラデーションが、なんともいえず神秘的だ。

それが窓一面に広がっているのだから、優希の歓声は止まらない。

「すごい……すごい綺麗……。こんな景色初めて見ました。夕暮れの景色とか見たことがないわけじゃないけど……でも、でも……、なんだろう、すごく感動」

絶景に夢中になっていると、背後から賢人が抱きついてきた。

「俺も初めて見た。優希と一緒にいると、初めての感動がたくさんできるな」

「賢人さんは頭もいいしいろんなもの見てきているだろうから、わたしほどじゃないですよ、きっと」

「そんなことはない。俺は、優希に、最高に感動する初めてのものを体験させてもらった」

「へーぇ、なんですか～、それ」

ちょっとおどけて聞いてみる。大げさに言っているだけだろうと思ったからだ。

そんな優希の耳朶に、賢人の囁きが落ちる。

「――初恋」

呼吸が止まった。

景色を見ていたはずの目は、窓ガラスに映る賢人を見つめる。

「優希は、俺が初めて好きになった女性だ」

甘い囁きが落ちる耳朶から、あたたかみが顔全体に広がっていく。顔のみならず、胸の奥が熱くなって、腰のあたりがあたたかく潤い、脚の付け根に広がり……。

「照れている？」

　頬でチュッと賢人の唇が弾ける。

「わかってるくせに……」

「わかっているよ。恥ずかしがらせたかったから言った」

「なんですか、その意地悪は」

「優希が恥ずかしがる顔を見られるのは、俺の特権」

　頬に触れた賢人の手に顔をかたむけさせられ、唇が重なる。左手の上に、彼の左手が重なった。

　薬指の結婚指輪を賢人の指がなぞっていく。

「優希、俺、全治一生なんだけど。ずっとずっと優希を愛していきたいから、一生、俺と夫婦でいてくれる？」

　顔を近づけたまま、ゆっくりと身体を返す。右手で賢人の左手薬指にはまった結婚指輪を確認して、優希ははにかみながら微笑んだ。

「わたしも……全治一生なんですよ。だから一生、賢人さんと夫婦でいたいです」

　賢人の表情が、一瞬、泣きそうに歪んだ気がした……。

「じゃあ、これからもよろしく。奥さん」

「よろしくお願いします。旦那さん」

見つめ合ったまま唇が重なる。顔の向きを変えながらお互いの唇を堪能する。あたたかくおだやかな吐息が混じり合い。どちらからともなく舌を絡ませた。

ブラウスのボタンが外されていくのを感じ、優希も負けじと賢人のワイシャツのボタンに手をかける。

舌を絡ませ合うのに夢中になっているせいか、ボタンがうまく外せない。ワイシャツのボタンとは、なぜこんなに小さいのだろう。

一方優希のブラウスは大きめの包みボタン。すべて外されたときには、ワイシャツはまだ胸までしか外せていなかった。

「俺の勝ち。はい脱いで」

謎の勝利宣言をした賢人がブラウスを床に落とす。ついでにと言わんばかりにブラジャーも取り去ってしまった。

「ワイシャツのボタンが小さいのが悪い……ぁンッ」

乳房の頂を咥え、賢人は口の中で舌を回す。ぬったりとした肉厚な舌で乳首を嬲られると、熱いものがどくどくと下半身に広がっていった。

その危険性の対処に関しては、優希より賢人のほうが優秀だ。素早く両膝をついた彼はスカートを下ろし、ショーツを太腿の途中まで下げた状態で今度は秘裂に吸いついたのである。

「あっ、ヤンッ、ハァあ……」

恥骨に添わせた両手の親指で恥裂を開き、舌を動かしながらぴちゃぴちゃとする。

当然とばかりに濡れそぼるソコは、ぬたぬたと蠢《うごめ》く舌を悦んで小刻みに収斂《しゅうれん》した。

「あっ、あ、賢人さ……ん、これ……」

ショーツが太腿の位置で止まっているせいで、あまり脚が開かない。舌で刺激される場所が一定でもどかしいのだ。

賢人の頭に片手を置いたままショーツの端に指を入れる。脱ぎたがっているのをわかってくれたのか舌が離れた。

「脱ぐ？　俺も脱ぐから、自分で脱いでみせて」

「あ……はい」

脱がせてくれるのかと思ったが、ここは自分で脱ぐところらしい。

立ち上がった賢人がさっさとシャツを脱ぎ捨てる。ベルトのバックルを外し「脱がないの？」と急かしてきた。

ショーツの両側に指をかけて脱ごうとし……ドキッとする。

その様子を、賢人がジッと見つめている。避妊具の封を開け、それを施すべき熱り勃った彼自身を取り出し、優希の痴態を眺めている。

――恥ずかしい……。

カアッと体温が上がった。腰に攣るような力が入り脚のあいだが潤う。

「優希、脱いで」

「……はい」

賢人の視線を意識しつつ、ゆっくりとショーツを下げていく。一気に下げてしまえばいいのかもしれないが、それをさせない視線の圧があった。

ドキドキする。もしかしたらこんな姿を見ながら彼も興奮を覚えているのだろうかと想像すると、鼓動とは違うものまで胸の奥できゅんきゅん跳ねる。

両脚からショーツを抜き、床に落とす。全裸なんて何度も見られているのに妙に恥ずかしくて、視線を下げたまま両脚をクロスさせて身体をひねった。

「恥ずかしいの？」

「……賢人さんが、見てるから」

「優希が本当に俺の妻になったんだって思うと、嬉しくて興奮して堪らないんだ」

同じく全裸になった賢人が優希を抱き寄せる。唇を合わせると片脚を腕にかかえられ、熱い猛りがずぶずぶと脚のあいだを埋めた。

「うんンッ……！」

串刺しにされるような刺激に腰が引きかけるが、背後は窓だ。

ガンガン突き上げられ、身体を支える片脚が崩れかける。その脚も腕にかかえられ、驚いて両腕を彼の肩に回した。

「ビックリしたか？　落とさないから、安心しろ」

両脚をかかえて窓に押しつけられ、まるで体が浮いているかのようだ。抱きついた腕を離したら窓を突き破って落ちてしまうのではないだろうか。

「怖いですよ……」

「うん、ビックリした優希のナカが締まってくるから、絞られてヤバい」

「賢人さん、やらしいですよぉ……、ハァ……。わたし、だって……賢人さんので、みちみちで……ぁあっ、身体、ヘンになりそ……ンッ、ん」

賢人の質量が胎内を支配する。全身が彼の熱や大きさと同化してしまったかのよう、ドクンドクンと脈打っている。

やがてそれは、めくるめく快感とすり替わっていった。

「ぁあっ……ダメ……動い、てぇ……いっぱいっ……」

「いいよ」

引き出される優希の恥ずかしい要求を、賢人は否定しない。両脚をかかえたまま窓から離れ、その場に胡坐《あぐら》をかいて優希を強く抱き、強く腰を突き入れた。

「あっ！　あ、あっ！　賢人、さ、ンッ……ああっ！」

彼の突きこみに身を任せ、優希は揺さぶられるままに悶《もだ》え動く。

「きもちぃ……きもちイイよぉ……ぁうん、ンッ、好きぃ……」

「今夜は素直だな。いつもイクとき、そうやって『好き』って言ってくれていたの、気づいてなかっただろう？」

優希はこくこくと首を縦に振る。

気づいていたような、いないような。気づいているのに「好き」と口走ってしまっている自分を考えたくなくて、気づいてないと自分に言い聞かせていたような。

目的を果たしたら、この結婚は終わり。賢人に抱いてもらえなくなる。そう考えると必死になりすぎて、抱かれることに精一杯だった。

でも今は、彼を好きだという気持ちが、もっともっと大きな快感を生みだしているように思えた。

「賢人さん……好き、大好き……」

「優希……」

優希の言葉に興奮を煽られた賢人が乳房を揉み上げる。乳首に吸いつきじゅるじゅると吸い上げながら放埓《ほうらつ》に腰を振りたてた。

「ああぁっ……ダメッ、ダメェ……きもちィィッ、かぁらぁ……！」

絶頂に向けて手を伸ばした優希が「ダメ」と言ったって、賢人がそれを受け入れてくれるはずはない。

彼女の「ダメ」をさらに増長させようと、何度も激しく最奥を突いた。

「ダメェっ……ああっ、オク、イク、やぁぁンッ――‼」

「……ゆうきっ」

大きな波にさらわれた瞬間、賢人の熱が震えながら最奥で止まる。

荒い吐息を抑えられないまま唇を重ね、熱で渇いた口腔内を補い合うように舌を絡めた。

「……賢人さん……好き……」

絡めすぎて重くなった舌を離しながら、優希が囁く。

「大好きぃ……」

以前は達するときにしか出せなかった言葉。

けれど今は。こうして自然に出せる。

嬉しそうな笑顔と一緒に。

「やっぱり、イきそうでわけがわからなくなっているときに言われるより、こうやって自然に言われるほうが嬉しいな」

自分に向けられる愛しい笑顔を見つめ、賢人も自然にその言葉を出す。

「愛してるよ。優希」

全治一生を分かち合う、大切な妻に――。

エピローグ

「茉菜ちゃん、お誕生日おめでとう！」

お祝いの言葉とともに起こる拍手。

小さな女の子たちのかわいい拍手と、母親たちの拍手、そして盛り上げることにクルー人生をかけたかのような担当スタッフたちの拍手。

日曜日の午後、【ファミパラ】で行われた茉菜のお誕生日パーティーは、優希が職場に復帰して二週間後に行われた。

賢人が言ったとおり樽谷氏はしっかりと手を回してくれたようで、解雇に関する通達はすぐに解除された。

本部の重役に話をしたのは美沙だったらしい。

今回の騒ぎを樽谷氏はまったく知らず、賢人の件も合わせて美沙ともども謝罪してくれた。

美沙は本気で賢人が死にかけたと信じているようで、顔を上げられないままだった。

今後いっさい、賢人だけではなく優希や御園家には関わらないと約束をし、彼女はしばらく海外に留学させられるらしい。

「布施さん、今日は本当にありがとうございます。茉菜、とっても楽しみにしていたんです。布施さんにお願いして、本当によかった」

パーティーが終わったあと、一度店を出た母親が戻ってきて、改めて優希にお礼を言った。

「喜んでもらえてわたしも嬉しいです。いつでも遠慮なくお声がけくださいね」

「はい、もちろん。それで……あの……」

母親が言いづらそうにチラチラと優希を見る。顔ではなく、手元を見ているようだ。

「茉菜が、お渡ししたいものがあるって……」

母親が顔を向けた先を見ると、茉菜が出入り口のドアをこっそり開けて見ている。母親に手招きをされて入ってくると、優希の前に立ってニコッと笑った。

うしろにかくしていた両手を、優希の前に出す。

「おねえちゃん、およめさんになったんだよね。おめでとうございますっ」

差し出されたのはノートほどの大きさの紙。そこにクレヨンで描かれているのは、小さな女の子が一生懸命に描いた、お嫁さんとお婿さんの絵。

たどたどしい「しあわせになってね！」というひらがな。

「先日きたとき、布施さんが指輪をしているのを茉菜が見つけて……。マネージャーさんに聞いたらご結婚されたって。そうしたら茉菜が、お祝いの絵を描きたいって」

優希は母親の説明を聞きながらしゃがみ、茉菜と目を合わせる。無邪気な澄んだ瞳がくれる祝福に、涙が浮かんだ。

「ありがとうございます。茉菜ちゃん」

「およめさんになったんだから、しあわせにならないとだめなんだよ」

「うん、わかりました」

「ならなかったら、茉菜、おこるからね」

「はい」

「やくそくだよ。はいどうぞ」

さらに差し出された絵を受け取って、「ありがとう」と言いながら眺める。本当に泣いてしまいそうだ。

「当店のクルーにお心遣いを賜り、ありがとうございます」

そのとき背後から拍手が聞こえ、接客用の笑顔で芹原が歩いてくる。膝に両手を当てて身体をかがめると、茉菜に笑いかける。

「このお姉さんはね、お嫁さんになってすっごく幸せみたいだよ。呆れるくらい毎日デレデレしてる」

「ちょっ、マネージャーっ」

（デレデレって！）

反論しかけるものの、ちょくちょく葉月に「ちっくしょー、あたしも彼氏欲しいですっ」と羨ましがられるので、おそらく、……無意識に惚気ているのかもしれない。

「でも意外でした。お見かけすると布施さんってマネージャーさんと仲がいいようでしたから、おつきあいされてるのかな……なんて思っていたんですよ」

母親の言葉に、ふたりそろって手を左右に振る。

「歳は離れていますけど同期なんです。ですから気心が知れているだけで」

「布施のように察しが悪くて手のかかる子は、つきあったら面倒くさいと思います。どう考えても同期以上にはなりえません」

ちょっと説明がひどくはないだろうか。優希は笑顔のまま芹原の足を踏みつけてやりたい気持ちをぐっと抑える。

すると、母親は頬を染め、ぱあっと笑顔になった。

「そうなんですね、安心しました」

その笑顔のまま、芹原に顔を向ける。

「ふふっ、今日もアホ毛がはねてますよ。かわいいなって、よく思ってたんです」

「アホ毛……」

呆気にとられる芹原。まさかの思いを胸に、優希は茉菜に小声で尋ねた。

「……茉奈ちゃんのママ、お歳はいくつですか？」

「にじゅうななさい」

芹原は二十八歳である。

なにかが始まりそうな予感に、優希はうんうんとうなずいた。


仕事を終えて店を出る。しばらく歩くと地下鉄の出入り口が見えてきた。

そこに最愛の人が立っている。――賢人も優希に気づいたらしい。

「優希」

上げる左手の薬指には結婚指輪。彼は休みの日や仕事が終わったあと、指輪をつけてくれる。

今日、賢人は日直明けで明日は休みだ。そして、優希も明日は休みである。

今日はこれから、挙式予定のホテルで披露宴メニューの相談をする。ついでにディナーの予定だ。

アルコールも出るので行きは地下鉄、帰りはタクシーの予定である。

とはいえ、おそらくそのまま泊まりになるのではないかという予想はしていた。

そして明日は、御園の祖父に会いにいく。

実を言えば二度目の面会だ。

一週間ほど前に会いにいき、優希は祖父に泣かれるほど歓迎された。「もう、思い残すことはない」と言われ、賢人がもらい泣きするほどだったのだ。しかしそれから祖父の容体はとても落ち着いていて、今度は向こうから「優希さんに会いたい」と言ってくれたらしい。

どうせなら結婚式を見てもらえないだろうかとふたりで考え、準備を急いでいるところだ。

「お待たせ賢人さん。聞いてください、今日ね、担当したパーティーの主役の子に、すっごいものもらっちゃったんですよ」

「すごいもの？　なに？」

「あとで見せます、泣きますよ～」

「なんだ、気になるな」

「お預け～」

アハハと笑いながら賢人と腕を組み、地下鉄の出入り口へと歩いていく。

階段の手前で、ふたり示し合わせたように立ち止まった。

顔を見合わせて微笑み合う。

「落ちるなよ？」

「落ちないでくださいね」

「まあ、どうせ全治一生だけど」

「そうですね。でも落ちたくないですよ」

「落ちそうになったら、俺が助けるよ。――これからずっと」

微笑み合い、ふたりで階段を下りる。

全治一生同士、しっかりと身体を寄せ合った。

END

あとがき

全治一ヶ月。

今回、ヒロインをどの程度の怪我にするかで少し悩みました。

あまり大きな怪我にすると、ヒーローが気を使いすぎてラブシーンに持っていけないじゃないですか。

私も全治一ヶ月なんて怪我の経験がなく、こう聞くと「一ヶ月も動けないの⁉」と考えてしまうんですよ。

ですが調べてみると「完治するまでを一ヶ月とする」という意味でも使われるらしく、打撲の青あざが消える期間も含むと知って「これだ！」と思いました。

治りかけで薄く黄色っぽくなった打撲痕くらいなら、ヒーローも遠慮なくあんなことやこんなことができる！

……怪我人に対してなにを考えているんだと怒られそうですが、賢人も結構ギリギリまで耐えていたのでご容赦ください。

世の中にはいろいろなファミレスがありますが、メニューが多彩で選んでいるときから楽しくなりますよね。

ゲームやアニメなどとコラボをすることもあって、最近家族が推しているキャラとコラボしているファミレスに行ったのですが、コラボメニューとかもあって楽しかったです。

ただ、こういうのって「第●弾！」と続けてあるらしく、そのたびにコラボグッズが違うから何回も行かないとならないようで……。

まあ、美味しいし、いいんじゃないかな、と思いましたマル

担当様、今回もありがとうございました。女嫌いヒーロー、新鮮で楽しかったです！

イラストをご担当くださりました、カトーナオ先生。表紙の賢人《けんと》の目つきが凛々しくてカッコいいです！　かわいいヒロインも、ありがとうございました！

本作に関わってくださいました皆様、見守ってくれる家族や友人、そして、本書をお手に取ってくださりましたあなたに、心から感謝いたします。

ありがとうございました。またご縁がありますことを願って。

幸せな物語が、少しでも皆様の癒やしになれますように。

令和六年六月／玉紀《たまき》　直《なお》

女嫌い外科医、一ヶ月限定妻に沼る

Vanilla《ヴァニラ》文庫 Miel《ミエル》

2024年7月20日　第1刷発行　定価はカバーに表示してあります

著　作　玉紀 直　©NAO TAMAKI 2024
装　画　カトーナオ
発 行 人　鈴木幸辰
発 行 所　株式会社ハーパーコリンズ・ジャパン
東京都千代田区大手町1-5-1
電話 04-2951-2000(営業)
0570-008091(読者サービス係)
印刷・製本　中央精版印刷株式会社

Printed in Japan ©K.K.HarperCollins Japan 2024 ISBN978-4-596-96112-9